EL SÍNDROME DE BERGERAC

Una comedia heroica

**PREMIO EDEBÉ
DE LITERATURA JUVENIL**

PABLO GUTIÉRREZ

EL SÍNDROME DE BERGERAC

Una comedia heroica

**PREMIO EDEBÉ
DE LITERATURA JUVENIL**

Obra ganadora del Premio EDEBÉ de Literatura Juvenil según el fallo del Jurado compuesto por: Sr. Xavier Brines, Sra. Paula Jarrín, Sr. Óscar López, Sra. Rosa Navarro Durán y Sra. Care Santos.

© Pablo Gutiérrez, 2021

© Ed. Cast: Edebé, 2021
Paseo de San Juan Bosco, 62
08017 Barcelona
www.edebe.com

Atención al cliente: 902 44 44 41
contacta@edebe.net

Directora de Publicaciones: Reina Duarte
Editora de Literatura Juvenil: Elena Valencia
Diseño de la colección: Book & Look
Fotografía de cubierta: Freepik

4.ª edición

ISBN: 978-84-683-5274-9
Depósito legal: B. 1145-2021
Impreso en España
Printed in Spain
EGS - Rosario, 2 - Barcelona

Cualquier forma de reproducción, distribución, comunicación pública o transformación de esta obra solo puede ser realizada con la autorización de sus titulares, salvo excepción prevista por la ley. Diríjase a CEDRO (Centro Español de Derechos Reprográficos) si necesita fotocopiar o escanear algún fragmento de esta obra (www.conlicencia.com; 91 702 19 70 / 93 272 04 45).

*Para Marco y Elena, mosqueteros
al servicio del rey que les dé la gana.*

Yo era una chica tan común como cualquier otra: iba a clase, discutía con mis padres y amaba incondicionalmente a mis amigos, y de vez en cuando me enamoraba de quien no debía, como le pasa a todo el mundo. No había nada novelesco dentro de mí que mereciera un puñado de páginas, y por eso la historia que sigue no irá de mis padres ni de mis colegas ni de mis enamorados; no irá de la rutina de una estudiante de bachillerato que se aburre en el instituto de una ciudad mediana... Esta historia tendrá una sola protagonista, y esa protagonista será una nariz.

Y ni siquiera hablo de la mía, que es pequeñita y ordinaria, sino de una nariz gigantesca a la que podríamos llamar *La Nariz.*

Una nariz célebre, desproporcionada.

Como una hipotenusa, como una lanzadera espacial, como el mástil de un velero.

Una nariz con la que podrías probar la temperatura del agua inclinando ligeramente la cabeza, pero que no te dejaría beber de una copa por riesgo de ahogamiento.

La nariz de un héroe nacido en Bergerac, comarca francesa, y de nombre Cyrano.

***

Supongo que tendría que empezar por el principio, *ab ovo*, como dicen los manuales de literatura; y al principio, en el verdadero principio, ni siquiera existía Cyrano. Es decir, claro que existía, guardado en tapas doradas desde hacía siglos como un vampiro en su ataúd. Cuando digo que *no existía* quiero decir que *yo no sabía de su existencia* y, en cierto sentido, si no conoces una cosa es como si no existiera, ni para ti ni para nadie. Igual que aquel acertijo del kung-fu: «¿Hace ruido el árbol que cae en el bosque desierto?», pregunta el maestro a su aprendiz, y el chico duda, se rasca la cabeza... Al caer, el árbol provoca vibraciones que el oído percibe y convierte en sonidos; pero, si en el bosque no hubiera nadie, las ondas circularían hacia ninguna parte como corrientes marinas, como el canto de la última ballena, como granos de polen espolvoreados por el viento...

Cyrano era un árbol que cae en el silencio cósmico, pura antimateria.

Cyrano existía desde hacía cuatrocientos años, y nosotros no sabíamos nada, y desde allí seguía defendiendo su orgullo de mosquetero contra los enemigos que... Espera, aguarda un momento: ahora me doy cuenta de que esta historia no solo va de Cyrano y su nariz, para nada; también va de Guadalupe, la nueva profesora que la fortuna puso delante de nosotros, por encantamiento.

Y va de bikinis.

Va de muñecas Nancy.

Va de creer que te haces mayor cuando sigues siendo una niña.

De un primer beso en la boca, de una primera mentira a tus padres.

Definitivamente, esta historia también va de todo eso, así que será mejor que empecemos de nuevo, por tercera vez. Como en el teatro, exacto, será mejor que empecemos como arrancan las obras de teatro.

PRIMER ACTO
LA EXTRAÑA

Lo desconocido. El primer día de clase siempre me ponía nerviosa. La noche anterior revolvía el armario para encontrar algo que no me hiciera parecer idiota o demasiado delgada o demasiado insignificante. Al final elegía unos vaqueros y una camiseta; durante las vacaciones no había llevado otra cosa que bikinis, y ahora me ahogaba dentro de unos vaqueros igual que dentro de una coraza. Como si quisiera castigarme.

Oficialmente, el verano llegaba a su fin cuando guardábamos los bikinis en una caja de zapatos. La playa seguía estando a un paso, brillante y disponible, pero la temporada había terminado y nos olvidábamos del mar, de la arena y de la alegría.

Septiembre: las colas en la puerta del instituto, las presentaciones, los reencuentros, los discursos, las listas, los libros, la repetición de las normas escolares y el plano de las salidas de incendios...

Los chicos tan morenos, tan mayores.

Las chicas tan altas, tan guapas, tan distintas.

Te preguntabas si te verían a ti de la misma manera, si tú ya serías otra a sus ojos.

También te preguntabas si habías elegido bien esa camiseta, porque de pronto todas parecían tan radiantes y tan atractivas como estrellas de Instagram.

Septiembre arrastraba su mecanismo de relojería, y sin embargo, ese curso sería distinto, un año crucial y definitivo que recordaríamos para siempre y que permanecería en nuestra memoria como el Año de Cyrano, o el Año de la Gran Nariz, o el Año de Lupe; y también como el fin de la infancia y el puente de lanzamiento hacia lo desconocido, aunque en el refugio de nuestro cuarto, a escondidas de nuestros propios padres, siguiéramos jugando con piezas de Lego y muñecas Nancy, minimujeres tan perfectitas que nos hacían llorar de melancolía. Las mías estaban alineadas en una repisa; me resistía a entregarlas en adopción a las hijas de unos amigos que no las tratarían como yo. De vez en cuando volvía a coger alguna, y la peinaba. Para que no tuvieran enredos, claro, no porque quisiera jugar con ellas.

Comenzaba un nuevo curso. El suplicio de la educación obligatoria ya concluía después de cuatro años de broncas y desgana, de chavales que solo venían a clase a molestar y de profesores que se conformaban con sobrevivir. Por fin alcanzábamos la cumbre del bachillerato, el territorio donde seríamos libres, adultos, mejores; o más o menos libres, más o menos adultos.

La cólera. Tengo que contarte demasiadas cosas para que comprendas por qué ese año acabaría siendo inolvidable. Mi cuaderno está lleno de notas, de esquemas, de frases subrayadas, las ideas corren en tropel dentro de mi cabeza, mis dedos no son capaces de ordenarlas... Quiero que conozcas a Cyrano antes que a nosotros, quiero que sepas que fue un mosquetero al servicio del rey de Francia, capitán de la compañía de soldados gascones, y quiero que te imagines un sombrero con pluma de ganso, botas hasta la rodilla, pesados correajes, pantalones de campaña y, al cinto, una espada temible; algo así como D'Artagnan, pero mucho más fuerte, más fiero y con peor carácter. Veterano de mil batallas, fanfarrón y petulante, solo existía una cosa que fuera tan grande como su orgullo. La nariz, claro. Si te encontraras con él en un cruce de caminos, más te valdría clavar la mirada en el suelo para no posar tus ojos en el apéndice, en la protuberancia, en la aleta del delfín. Porque si lo hicieras, ¡oh, desdichado!, si levantaras los ojos y te encontraras con el grandioso elemento de su cara, desearías estar muerto antes que enfrentarte a su cólera.

—¿Qué miras, pasmarote? ¿Acaso te parece demasiado grande...? ¿Te da asco, te horripila?

Y nadie podría evitar que huyeras con las orejas gachas y la marca de una suela en tu trasero. De alguna forma era como si Cyrano también tuviera dieciséis años, como si no consiguiera salir del patio de un instituto donde no se perdona ninguna anomalía y donde las bromas, las risas maliciosas y las miradas burlonas zumban como dardos de cerbatana. Cyrano: el oso gigante de los mosqueteros, y el chaval que no soporta mirarse al espejo, el que se escabulle de todas las fotos pero que estaría dispuesto a arriesgar su vida para vengar una ofensa. El síndrome de Bergerac.

Qué sería de mí. Mis colegas formaban la vanguardia de la nueva generación, a su lado yo era un bebé que no sabía nada del mundo, aunque mis boletines de notas estuvieran llenos de sobresalientes. Cuando hablaba con ellos sentía que una losa caía sobre mí, una avalancha de energía, propósitos y talento que no me dejaba respirar.

Claudia amaba la música, la historia, la literatura y el cine, obtendría becas y condecoraciones, se convertiría en una pianista reconocida o en una investigadora de prestigio, tendría mucho éxito, todos la amarían.

Connor quería ser abogado y estudiar en Gales, de donde provenía la familia de su padre, trabajaría en un bufete de prestigio, haría declaraciones para la CNN en la puerta de un juzgado y perseguiría a feroces delincuentes, nadie pondría freno a las aspiraciones de Connor, tan carismático, tan Connor.

María era un hada del bosque que soñaba con ser diecisiete cosas al mismo tiempo (cantante, actriz, pastelera, piloto de cazas, directora de orquesta, actriz de doblaje de la Señora Rabbit en esos dibujos que seguían haciéndonos tanta gracia), y guardaba dentro de sí la energía necesaria para alcanzar las diecisiete, una detrás de otra, y para enamorar a media humanidad en el camino.

Y yo en cambio, en aquel mes de septiembre del Año de la Gran Nariz, aún no sabía ni quién era ni qué sería de mí. Una página en blanco. Un sobre cerrado.

Sabía que no me gustaba meterme en líos, y que casi todo me daba vergüenza.

Sabía que me gustaba dibujar y cantar canciones en inglés, y que no lo hacía mal del todo.

Sabía que me gustaba leer, o que durante una época me había gustado mucho, cuando los libros no eran tareas escolares sino noches de lucecita clandestina (leí cuatro veces *El príncipe mestizo*, 652 páginas multiplicadas por cuatro son 2.608 páginas, si tardo dos minutos en leer una página el resultado son 5.216 minutos, es decir, más de 80 horas en las que mis padres creían que estaba dormida cuando en realidad sufría por Harry, por Ron y sobre todo por Hermione Granger, mi heroína favorita de todos los tiempos).

Esas eran las cosas que sabía de mí, no más.

Si me preguntaban qué quería estudiar o a qué pensaba dedicarme, me entraban unas ganas de llorar incontenibles, me encerraba en el cuarto para no ver a nadie y acariciaba el lomo de los libros de Rowling, como si fueran gatitos.

El asedio. Siguiendo las órdenes del cardenal Richelieu, nuestro héroe combatió en el asedio de Arrás contra las tropas españolas. Allí fue ascendido a capitán de regimiento, y recibió un tajo en la garganta de cuya cicatriz presumiría el resto de su vida como hacen los bravucones, abriéndose el cuello de la camisa para que las damas observen el estropicio.

El buen Cyrano no solo poseía fuerza bruta y arrojo para el combate, sino también una aguda inteligencia. Sabía de retórica, de física, de astronomía, de estrategia militar. Puedo imaginarlo detrás de los bastiones franceses, escrutando mapas para atacar el punto débil del enemigo, superando en astucia a los mariscales de campo y escribiendo un soneto para su enamorada antes de partir.

Delante de la hoja de la matrícula de bachillerato, yo exprimía mi pobre cerebro igual que Cyrano descifraba los acentos de un endecasílabo. La inscripción estaba llena de flechas, itinerarios y optativas incomprensibles que sonaban demasiado solemnes. Hacerse mayor es eso, tomar decisiones sin conocer sus consecuencias, y me temo que yo no era buena en ninguna de las dos cosas: ni en hacerme mayor ni en tomar decisiones.

En el siglo XVII, un chaval de mi edad solo habría tenido que agarrar una pica y dejarse matar en la primera escaramuza, nadie esperaría de él ninguna otra cosa.

En el siglo XXI, una chica como yo se veía obligada a decidir su futuro una mañana de jueves delante de un formulario.

Mejor la pica.

Mejor agarrar la pica y salir de la trinchera a las órdenes de Cyrano.

Si hoy es jueves.
—Velia, ¿qué te pasa? —me decían al verme.
Que qué me pasa.
Ojalá fuera tan fácil saber lo que me pasa.
Ojalá hubiera un menú en el que navegar y hacer clic en la categoría adecuada.
—Piensa en tu futuro, Velia... Dentro de poco tendrás que buscar un trabajo, y esforzarte y ganarte la vida, debes tener en cuenta que...

De qué futuro hablas, papá.
Si mi futuro no existe.
Si mi futuro es viernes si hoy es jueves.

Si mi futuro es esperar a que Claudia salga del conservatorio y nos veamos en el parque o vayamos a patinar por el paseo marítimo antes de que se haga de noche.

No puedo imaginar el otoño, la Navidad, no puedo imaginar el verano próximo ahora que acabo de guardar los bikinis en una caja de zapatos. Quizá ni siquiera me queden bien, quizá hayan pasado de moda o me resulten ridículas las argollas de madera que este año me encantaban, esas argollas que dejan marcas en la cadera pero que resultan tan puras, tan selváticas, y es triste eso, es muy triste saber que te parecerá horrible tu bikini favorito.

—¿Por qué estás llorando, Velia?

Cómo decirle a nadie que lloro por los bikinis del año que viene.

Cómo decirle que lloro por la nostalgia de lo que todavía no existe.

Cómo contárselo a alguien que te pregunta si prefieres Estadística, Tecnología Industrial o Matemáticas II.

Cómo decirle que preferiría luchar en Arrás con la tropa de gascones, que preferiría asaltar las líneas enemigas y recibir una bala de arcabuz en el estómago antes que poner una cruz en la casilla equivocada.

BIC dorado. Cada cual arrastra su drama, y yo me mortificaba por culpa de mis indecisiones. Al día siguiente terminaba el plazo para entregar los impresos en la secretaría del instituto, estaba hecha un lío, me temblaban las manos, probablemente era una idiota y una exagerada pero yo lo sentía así, como si fuera un paso trascendental que cambiaría mi destino.

Le pregunté a Claudia qué iba a hacer ella. Confiaba en su criterio cien veces más que en el de mis padres. Claudia era la chica más sensata del instituto, mi confidente desde el jardín de infancia, cuando íbamos a clase con lacitos en el pelo y babis manchados de témpera...

Me contó que en casa le habían echado el mismo sermón, la cantinela de lo dura que es la vida y lo difícil que es encontrar un buen trabajo, etcétera, pero que pasaba de toda esa mierda y que había elegido Latín y Literatura Universal, aunque solo fuera para fastidiar un poco; se rio. Sus padres querían que estudiara algo de ciencias (un cerebro privilegiado como el suyo no podía malograrse), y ella adoraba las cosas antiguas y perfectamente inútiles.

Mi amiga Claudia era el espíritu de la contradicción, una tormenta de ideas y opiniones propias. A veces resultaba insoportable tanta agudeza, tanta rotundidad, y otras veces recurrías a ella como a un oráculo.

Ven, Claudia Clarividente, ilumíname. Dime qué será de mí, dime qué hago con esta maldita hoja de matrícula. No quiero crucificarme con ecuaciones y trigonometría pero tampoco quiero morirme de hambre.

Claudia lo resolvió tajantemente: LAT y LUN, no hay más que hablar.

Fue ella misma quien puso las cruces sobre el formulario, «Así estaremos juntas», dijo, y lo rubricó con su bolígrafo BIC dorado, como si fuera la lanza de la diosa Atenea.

Me pareció la mejor de las razones. Después de todo, el viernes (es decir, el futuro) estaba muy lejano.

Literatura Universal: daba igual que fuera Universal, Extraterrestre o Plutónica, qué importaba nada de eso si seguíamos juntas otro año más, si regresábamos a los babis y los lacitos en el pelo. Dejando el futuro para más adelante, exacto.

Hocico. Aquella nariz parecía un error de diseño, un fallo del sistema. Quizá todas las narices lo sean. Al fin y al cabo, ¿qué es una nariz? ¿Qué pinta un pedazo de piel y de cartílago en el centro de la cara? ¿No parece un añadido, no resulta innecesaria esa prolongación que no alcanza a ser hocico? Si se trata de olfatear o de seguir un rastro, si la nariz tiene una finalidad y un uso tan concretos, ¿no valdría un elemento más pequeño, más práctico? ¿No serviría para lo mismo si hubiera dos sencillos orificios, como el horrible rostro de Voldemort? ¿O unas branquias en el cuello, como los tiburones? ¿A qué viene esa pieza sobrante?, clama el caballero de Bergerac, obligando a que sus lágrimas hagan un recorrido demasiado largo. Patito feo: en la soledad de su cuarto o en la penumbra de las trincheras, Cyrano se lamenta de su desgracia. ¿Quién no ha sido un chaval perseguido por los complejos, quién no lo comprende, quién no vendería su alma al diablo a cambio de que *eso* desapareciese?

El patio de un instituto es un cuartel de rudos mosqueteros. Las bromas, las burlas y los agravios zumban de la misma manera, y es una suerte que no llevemos espadas al cinto ni sigamos ningún código de honor. De lo contrario, habría cuatro o cinco muertos sobre la pista de futbito cada vez que sonara el timbre.

Plop. Hay gente que tiene talento para adivinar a los desconocidos. Te miran a la cara y ya saben de qué vas, qué necesitas, qué te gusta. Se fijan en tu peinado, en tus zapatos, en tu ropa o en tu manera de hablar, luego procesan esa información y componen un retrato robot muy preciso, y ya está, te adivinaron.

Es una habilidad valiosa, esos tíos pueden convertirse en detectives infalibles o en vendedores de seguros. Los envidio. El mío es el caso contrario: veo a alguien por primera vez y enseguida me hago una idea equivocada, pienso que es un encanto y luego es un ogro engreído, pienso que es un ogro engreído y resulta un corderito. Siempre me pasa. Con los tíos, con las amigas, con los primeros novios. Y ocurrió lo mismo cuando conocí a Guadalupe, la Extraña.

La Extraña entró en la clase tan atareada y tan errática que imaginé que sería otra de esas profesoras piradas que se olvidan de la fecha de sus propios exámenes y nunca terminan de aprenderse tu nombre, qué rabia me daban. A la mayoría le caían bien porque no te exigían demasiado, pero yo no era como los demás, yo era una niñita formal y cumplidora. *Cada cosa en su sitio* sería el lema de mi escudo de armas. Cada cosa y cada individuo. El policía persigue al ladrón y el ladrón se escapa. Los profesores mandan tareas y los estudiantes protestan. El guepardo corre, la gacela huye. Y así debe ser, aunque te toque ser gacela.

Una prueba de mis obsesiones: era incapaz de sentarme a estudiar si antes no despejaba la mesa de mi cuarto, sacudía las almohadas, alineaba las Nancy y cuadraba los libros en perfecta simetría; solo cuando cada elemento estaba en el lugar apropiado me sentía con fuerzas para sacar los apuntes y los rotuladores. Favoreciendo mis manías, mi padre colgó de la pared dos tableros muy firmes, con remaches y taladros. En uno puse los libros que ya había leído, y en el otro los libros que iba a leer. Ese trasvase ponía paz en mi universo, me tranquilizaba: *La Orden del Fénix* fluyendo hacia su nuevo hogar, *La llamada de lo salvaje*, *Donde los árboles cantan* buscando su sitio. Puede parecer una tontería, y seguramente lo era, pero cada vez que uno de esos libros se mudaba yo sentía un pellizco de satisfacción, ¡plop!, como el estallido de las piezas del *Candy Crush*.

Mis amigos creían que estaba un poco loca, decían que de mayor me convertiría en una vieja rodeada de gatos, y puede que tuvieran razón, pero de cerca quién no es raro para los demás, quién no está loco. Si verdaderamente conoces a alguien, si entras en su mundo y en su mente, cómo no van a parecerte raras sus costumbres, sus ideas, su manera de hacer las cosas. Conocer a alguien es viajar al extranjero, es aprender otro idioma. No hay dos personas iguales, ni dos familias, tampoco hay dos casas iguales. Cuando iba a visitar a alguno de mis amigos todo me llamaba la atención, especialmente el olor, podría distinguir cada casa en la que estuve con los ojos cerrados. Debo de provenir de una estirpe de homínidos con el olfato muy desarrollado, mis antepasados guiarían al clan por las trochas del bosque buscando fruta madura o manadas de antílopes, levantarían la nariz y husmearían.

Yo lo he heredado. La nariz, me refiero.

Nariz pequeñita, nariz de Nancy.

Nada que ver con el fabuloso monumento de Cyrano, pero funcionalmente perfecta.

Casi rimábamos. Lupe Ossorio, la nueva profesora, era morena y huesuda, con el pelo tan negro como una indígena del Amazonas y con unas facciones rectilíneas: la barbilla muy marcada, las mejillas un poco hundidas, las cejas fruncidas en un gesto de profunda concentración. Tendría poco más de treinta años y puede que en el conjunto acabara siendo una mujer guapa, o puede que solo me lo pareciera a mí. Siempre tuve el sentido de la belleza un tanto atrofiado; a veces mis amigas hablaban de chicos guapísimos que a mí no me lo parecían, y otras veces bebía los vientos por un gañán sin flequillo.

Desde el principio nos dimos cuenta de que todo era raro en ella, supongo que por eso me gustaba. Yo también pertenecía a la tribu de los raros, la tribu de los que leían libros y no sabían nada de fútbol, la tribu de los que odiaban los menús infantiles en los restaurantes... Con el tiempo me di cuenta de que los raros, en realidad, somos muchos, y por tanto ni siquiera es tanta la rareza, no sé si me explico, pero en aquella época yo vivía entre dos extremos. Había una parte de mí que deseaba ser una chica normal, y salir, y reírse, y hacer las mismas bromas que los demás; y había otra parte que prefería quedarse en casa, acorazada en el refugio de los libros, los dibujos, las canciones, los apuntes y los rotuladores fluorescentes... Creo que esa parte era mi yo dominante y habría acabado imponiéndose sobre lo demás. Por suerte, contaba con mi amiga Claudia, que me sujetaba a la orilla civilizada del mundo.

Claudia: la niña perfecta, tan linda y tan inteligente, tan querida por todos, qué suerte tan inmensa que fuéramos las mejores amigas, no había dos almas tan equilibradas como las nuestras. Dormía muchas veces en su casa, y ella en la mía, pasábamos la noche en vela hablando de vaguedades y riéndonos en susurros para que no nos riñeran. Si un cataclismo nos arrojara a una isla desierta ni siquiera lo pasaríamos tan mal, buscaríamos la manera de sobrevivir y de pasar el rato, nunca se nos agotarían la conversación, las bromas, el afecto... Claudia y Velia: casi rimábamos.

Volvamos a Lupe, la pieza clave de esta historia. El problema era que a simple vista no parecía una profesora *real* de secundaria, y eso nos desconcertaba. Lupe era una intrusa, alguien que no debería estar allí. Como un buzo en el desierto. Como una alpinista en la playa. No es que los profesores tengan una genética propia que los distinga del resto de la especie humana, pero acaban pareciéndose. Se asimilan, se mimetizan. Sería fácil distinguirlos en una multitud, incluso podrías establecer diferentes categorías y adivinar la asignatura que imparten observando pequeñas marcas distintivas.

Los que llevan camisas de manga corta son de Matemáticas, eso lo sabe todo el mundo, es una obviedad. Los de Historia visten invariablemente rebecas de punto, casi siempre con cremallera. Las profesoras de Inglés se arreglan mucho para ir al trabajo, con esas faldas que se cierran en las rodillas y no te dejan dar un paso. Y los de Lengua son un verdadero desastre, esos tíos que parecen que acaban de levantarse de la cama.

Asumiendo los estereotipos, de un vistazo te dabas cuenta de que la Extraña no encajaba con ninguno, aunque ya he dicho que no soy buena adivinando a los desconocidos. Connor sí, Connor lo tenía muy claro, por eso será un abogado extraordinario; lo imagino interrogando ferozmente a un falso testigo, diciéndole «Usted tampoco se cree ni una palabra de su declaración, ¿verdad?», y toda la sala riéndose a carcajadas. Connor, vaya tío, tan espigado, la piel tan blanca, el pelo rizadísimo y lleno de bucles como un angelote, y en contraste, esos dedos largos del conde Nosferatu, y ese acento que no era ni propio ni extranjero, que era solo el acento de Connor.

Fue el primero que desconfió de ella. De Lupe, quiero decir. Tenía sus propios motivos.

El listo. Para la gacela y para el guepardo, el primer día de clase es una piedra de toque que marcará la pauta de sus relaciones durante el resto del curso. Los profes se sienten vulnerables ante cualquier amenaza y responden con agresividad exagerada, y los alumnos son espíritus libres que festejan el reencuentro con sus colegas. El conflicto es inevitable, por eso el primer día de clase es un campo de batalla que acaba anegado de sangre...

Nuevos horarios, nuevas aulas, reparto de troncales y optativas, se pasaba lista, se nombraba a los nuevos reclutas. Vinieron a por los de Estadística, a por los de Tecnología y a por los hoplitas resistentes que decidieron estudiar Griego (qué valientes y qué suicidas, honor y gloria para todos ellos). Luego nos tocó a nosotros, y apareció la Extraña como una centella, sin decir buenos días ni mirarnos a la cara, sus ángulos y sus huesos moviéndose con nerviosismo, como si hicieran clac-clac-clac en su interior, como un saco de piezas sobrantes.

—A ver. Literatura Universal, primero de bachillerato. Comenzamos. Claudia. María. Connor. Juan... Vélez. Y Juan Galán. Cándida. Arturo. Tomás. Roberto. Velia.

—¿Ya está? —preguntó Claudia—. ¿Solo somos diez?

—Parece que la mayoría ha preferido otros saberes más prácticos. Diez es un buen número. La clase será..., será en el aula... Esperad, dejadme ver..., sí, en el aula 27 B. Que no tengo ni idea de dónde está...

—En la tercera planta, señorita —dijo Roberto.

—Tercera planta, perfecto. No me llames señorita, que no estamos en el colegio. Ya sois bachilleres, ¿no? Pues como bachilleres os portáis. En las formas y en el trabajo. Me llamo Guadalupe. Lupe, mejor.
—Y yo Robe, mejor.
—A mí me llaman Vélez. Para no liarnos. Ya que nos presentamos.
—Entonces a ti te llaman Galán, ¿no?
—No, seño, a mí me llaman Juanito. Qué pasa, me llaman así desde siempre.
—Tendrás cincuenta años y te seguirán llamando Juanito —dijo Claudia.
—Pues sí. Pero no me importa. A mí me gusta. El abuelo Juanito. El jefe Juanito. Juanito, el ministro de Interior.

Nos reímos escandalosamente, como si la ocurrencia fuera mil veces más divertida de lo que era, con esa actitud alocada de los adolescentes. A Guadalupe le cambió el gesto. Los huesos y los ángulos se alinearon de otra manera, la Bruja Mala del Oeste se adueñaba de ella y manejaba los hilos...

—¡A callar! —dijo, cortante—. Ya está bien de tonterías. Vamos a buscar el aula, que es tarde.

Y nosotros, que éramos tan buenos, obedecimos y fuimos detrás de ella, vagando por el instituto como marineros errantes, cobrándonos contra su mal humor la pequeña venganza de no decirle nada si tomaba el pasillo equivocado.

—¿Dónde se habrá metido la 27B? No aparece en el plano...
—En la nebulosa de Orión, señorita —dijo Connor.

—¿Tú quién eres, el listo? No soporto a los que van de listos. Siempre hay un listo en todas las clases...

Pobre gacela-Connor, no se merecía una respuesta como esa, el zarpazo del guepardo en la garganta. Si no le dejaban ir de listo, si no le dejaban decir tonterías que solo tenían sentido para sí mismo, ¿cómo soportaría los nueve meses de un curso que recién empezaba?

La reducida tropa. Allá en la nebulosa de Orión, el planeta 27B ni siquiera era una clase, sino un despacho más o menos amplio donde apenas cabían nuestras sillas de pala. Fuimos sentándonos arbitrariamente. Yo me arrimé a Claudia, en una esquina, y desde allí eché un vistazo a la reducida tropa, mientras la profesora vaciaba un bolso interminable, como de Mary Poppins, que siempre llevaría consigo, y del que sacaba toneladas de libros y papeles.

Ahí estaban los nuevos cadetes del regimiento, formando filas en el patio del cuartel. Cyrano pasaba revista a unos alfeñiques que pronto demostrarían su valor en el frente, sonarían los tambores de guerra y marcharían hacia la muerte. «¡Levanta la guardia, mequetrefe! ¿Quién te ha enseñado a pelear, tu abuelita?».

Conocía a casi todos. Claudia, Connor y María lucharon en..., quiero decir, estudiaron conmigo en el colegio, llevábamos media vida juntos, y éramos colegas imperecederos. María y Claudia habían estado en todas mis fiestas de cumpleaños, y yo en las suyas, teníamos cientos de fotos juntas comiendo helados en la playa o haciendo castillos de arena, o disfrazadas de Halloween, o de hadas del bosque para la función de fin de curso... En cuanto a Connor, todavía recuerdo cuando la maestra, en cuarto de primaria, nos dijo que ese año tendríamos un nuevo compañero en clase, un niño que se parecía un tanto a Draco Malfoy, que no hablaba una palabra de nuestro idioma y que resumía todas las extravagancias imaginables. Decidimos adoptarlo igual que a un gatito abandonado, y fue así como nos convertimos en los mejores amigos, una alianza indestructible de cuatro vértices: Claudia, María, Connor y yo.

La tropa también la formaban Tomás, Juanito y Roberto, unos zascandiles que habían regateado la obligatoria en el mismo instituto, pero que no eran malos chicos, la verdad. Roberto y Tomás formaban una pareja curiosa, como de pillos traviesos. Siempre estaban a punto de suspenderlo todo y de meterse en algún jaleo, y se libraban por un pelo de la expulsión. Y Juanito..., bueno, Juanito era Juanito.

El resto de los mosqueteros del regimiento, Candi, Artur y ese Juan Vélez, eran nuevos para mí. De un vistazo, y haciendo acopio de prejuicios, Candi y Artur parecían chicos de campo que vivían lejos del pueblo, que montaban a caballo e iban a romerías. Vélez era todo lo contrario. Se notaba a la legua que provenía de una familia con pasta, llevaba unas Vans y una camiseta Quiksilver, y pulseritas en las muñecas. La clase de tío que daba tanta rabia, con una mala pose de suficiencia y distanciamiento, como si mereciera nuestra admiración solo por existir. El cadete de la mejor familia de París, el que se adorna con cintas y lazos. En el patio del cuartel, Cyrano lo señalaría con el dedo.

«Tú, finolis, a ver cómo te defiendes. ¡En guardia! ¡Hop!».

Y lo dejaría en ridículo delante de todos. Así era Vélez.

Mientras tanto, Lupe seguía desordenando la mesa y hurgando en el bolso. Se la veía tan superada por su propia confusión que daba un poco de pena. Era una de esas profesoras de reemplazo que iban y venían, seguramente acababa de llegar al pueblo, tendría que buscar una casa de alquiler, organizar la mudanza, asentarse, etcétera.

Pobre de ella.

Es irónico, no me despertaba ninguna compasión. La gacela no tiene por qué compadecerse del guepardo, aunque el guepardo sufra por una espina clavada en la pata. A la gacela esa espina le importa muy poco. Los profes son el eslabón fuerte de la cadena, me fastidia cuando lloriquean y se lamentan de sus penalidades, de los traslados, de la burocracia, de la montaña de cuadernos que corregirán esa noche... ¿Sabes lo que es duro de verdad? Tener dieciséis años y que te obliguen a exhibirte cada mañana en el circo del instituto, cuando lo único que querrías es encerrarte en tu cuarto y que te dejaran en paz durante cuatro o cinco meses, hasta que se produjera la metamorfosis, hasta que te sintieras con fuerzas para romper la crisálida y salir a la superficie, y entonces brillar y ser única...

Pero el mundo no se detiene.

El mundo no va a darte una tregua, no te regalará esos meses de hibernación.

Los días pasan en el calendario y te empujan a la calle, lejos de tu caparazón de tortuga.

—¿De qué va esto de la Literatura Universal, seño? —rompió a decir Juanito, sin esperar a que Guadalupe comenzara a hablar.

—¿Elegiste la asignatura sin saber de qué iba?

—Por eso se lo pregunto. Para saberlo. Se lo pregunto con educación, seño.

—Va de libros. ¿A ti te gustan los libros?

—Algunos sí.

—Dime uno que te haya gustado.

—Ahora no me acuerdo.

—Ya. Pues aquí leerás muchos libros, y tendrás que acordarte de lo que has leído.

—¿Y por qué *Universal*? —preguntó ese tal Vélez, y me sorprendió el sonido de su voz, tan hueca, como si fuera un hombre de cuarenta años—. Vale lo de *Literatura*, pero qué quiere decir lo otro.

—No tenéis ni idea, qué desastre. —Suspiró la profesora, tomando aire para continuar—: Quiere decir que leeremos a autores que escribieron en otros idiomas. En inglés, en francés, en italiano...

—¿Te-tendremos que leer en inglés? —protestó Roberto, tartamudeando de incredulidad.

—No tengo problemas con eso —repuso Connor, veloz—. Mi padre es de Gales, yo soy prácticamente...

—Me alegro por ti, chaval —lo interrumpió Guadalupe, como si adivinara que Connor se disponía a presumir de su bilingüismo—, pero creo que será mejor que leamos las obras *traducidas* a nuestro idioma, si te parece.

—Sí..., sí, claro, mucho mejor así —balbuceó Connor.

—Ahora, que si te atreves con Shakespeare en inglés, por mí encantada.

—¿Leeremos a Shakespeare? —preguntó Claudia, con un pellizco de emoción en la voz.

—¿Qué es *Chéspir*? —dijo Roberto.

—¿Y habrá exámenes, seño? —preguntó Juanito.

—Claro que habrá exámenes.

—En Estadística dicen que no hay exámenes. En Economía tampoco.

—Puedes cambiarte a Estadística, nadie te obliga. O a Economía. Así te harás rico.

—Se me dan mal los números. Y si aquí se trata de leer, pues leo. A *Chéspir*.

—Vaya, este año he tenido suerte... —concluyó Guadalupe con sarcasmo—. ¿Los demás también habéis elegido la asignatura por tan *delicados* motivos?

La pregunta, que contenía una acusación, quedó en el aire cuando sonó el timbre del intercambio. Los alumnos se levantaron de sus sillas con alboroto, sin esperar el visto bueno de la profesora, y yo salí del aula descorazonada: no me gustaba el sitio, tan pequeño, no me gustaba Guadalupe, tan punzante y tan caótica, y no me gustaba perder el tiempo con rivalidades y tonterías. Se suponía que estudiábamos bachillerato para aprender cosas importantes, ¿no era así?, para pelear por las notas y por una plaza en la universidad, no para hacer jueguecitos de palabras...

Dos árboles. En el patio había dos grandes árboles, ojalá supiera su nombre. No es lo mismo decir que había dos árboles que decir que había dos *álamos* o dos *algarrobos*. Conocer el nombre de los árboles es relevante para poder contar una buena historia, una historia que empiece diciendo «A la sombra de dos frondosos castaños, Ron y Hermione entrelazaron sus manos y se miraron a los ojos...». Imagino el placer de pasear por un bosque y de un vistazo reconocer los robles, los abedules, los alcornoques, los pinsapos... Así debe de ocurrir dentro del cerebro de la inteligencia artificial, el androide que analiza cada elemento de su entorno, lo escanea con infrarrojos, lo identifica. Me flipan la biomedicina y la ciencia ficción, me ofrecería voluntaria para un experimento en el que un cirujano insertara una base de datos en mi sistema nervioso, un catálogo de todas las cosas que existen y que yo reconocería en un nanosegundo. Creo que se llama *transhumanismo*, lo vi una vez en una serie: una chica de mi edad guarda sus ahorros y acude a una clínica clandestina donde le implantan un dispositivo que lo cambiará todo, sus ojos se convierten en cámaras fotográficas de infinitos píxeles, sus neuronas se conectan a la red y absorben el *big data*... No me daría miedo la cirugía, firmaría cualquier consentimiento médico, correría cualquier riesgo, lo que fuera para no sentirme tan tonta como me siento cuando delante de mí hay algo que no sé nombrar.

Alrededor de esos dos *árboles sin nombre* crecía una pequeña extensión de césped. La llamábamos «la pradera», con optimismo. Apenas era una isla verde rodeada de cemento, pero nos aferrábamos a esa porción de naturaleza porque necesitamos un bonito escenario. Si entornabas los ojos, el instituto se convertía en un campus como los que salen en las películas. Tocaba el timbre del recreo y bajábamos a toda prisa para que nadie nos quitara nuestro rincón en la pradera, cerca de las raíces sobresalientes, y allí nos sentábamos, desayunábamos nuestros bocadillos y charlábamos como cotorras. Hablábamos de las clases, de nuestros padres, tan pesados, de los profesores, tan decepcionantes, y de los chicos que nos gustaban. María estaba loca de amor, nos hacía reír con sus historias y sus romances de veinticuatro horas. El año anterior, en cuarto curso, se había enamorado consecutivamente de Miguel, de Darío y de Óscar, incluso llegó a gustarle Roberto, y coqueteaban con descaro y se escribían notitas como si fueran novios del siglo pasado, era muy lindo lo suyo, pero llegó el verano y dejaron de verse.

—Supongo que os habréis fijado ya en el nuevo... —dijo—. En Artur no, en ese Juan Vélez.

—¿En qué teníamos que fijarnos, María? —dijo Claudia riéndose.

—En lo guapo que es, que parece que no tienes sangre.

—Sí que es guapo. Pero a mí no me va.

—¿Y cómo son los que te van a ti, Claudia? ¿Inexistentes?

—No sé, de otra manera. Menos... rígidos.

—¿Rígido? No creo que Vélez sea rígido. Acaba de llegar, no conoce a nadie. Seguro que viene de uno de esos colegios caros donde te enseñan alemán...

—¿Y entonces qué hace aquí?

—Pues... a ver..., deja que piense... Sus padres tenían una empresa que se fue a la quiebra, y se divorciaron porque él se largó con una más joven, entonces llegaron los juicios, los abogados, ya no podían pagar la factura de ese colegio carísimo y matricularon a su hijito aquí, en el hogar de los pobres, donde todo es gratis. Como mi amor, que es gratis y se lo doy a quien me lo pida.

—María, tienes una imaginación... Y un cuento...

—Es un niño pijo —intervine—. Un niño pijo insoportable.

—Insoportable y guapísimo en su *«insoportabilidad»* —dijo María.

Al rato llegó Connor dispuesto a unirse a nosotras, moviéndose de esa manera tan Connor, a grandes zancadas, y dejándose caer como si se tropezara accidentalmente con una de las raíces.

—¡Connor! ¡Estate quieto!

—¡Qué molesto eres! ¡Me haces daño!

—¡Quita las manos!

Se hizo un hueco entre nosotras, clavándonos los huesos de las caderas, y a continuación interpretó una de sus habituales pausas dramáticas. Eso también era muy Connor, me refiero a llevarse los dedos a los lagrimales y tomar aire, como si tuviera que confesarnos algo trascendental, imitando cualquier película que hubiera visto recientemente.

—Chicas, la situación es desesperada. Hay que tomar una decisión. No podemos perder ni un minuto.

—De qué hablas, Connor.

—De qué voy a hablar. De la Extraña.
—¿Qué extraña?
—¡La Extraña! ¡La única Extraña! ¡Guadalupe! Es un agente del mal.
—Connor, para ya.
—No bromeo. ¿No os habéis fijado en su cara, en esos ojos tan... tan malignos?
—Tú flipas. Te cae mal porque no le gustan tus chistes. Y porque te adivinó desde el primer día.
—Puede que sea un poco borde pero...
—¿Pero? ¡¿Pero?! Imagínate cuatro horas semanales en ese cubículo, durante nueve meses... Cuatro horas a la semana por cuatro semanas al mes, multiplicado por nueve, dan un resultado de..., de... ¡muchas horas! ¡Estamos perdidos! La nueva profesora de LUN es una agente del mal enviada para fastidiarnos, para que yo no haga chistes y para arruinarme la nota media de bachillerato...
—¿Y quién la envía, Connor? —dijo María, resoplando, porque a veces lo único que podíamos hacer era seguirle la corriente.
—Eso no lo sé. Tengo que seguir investigando.
—Pobre mujer, si supiera que hablas así de ella...
—Era su primer día en el instituto, estaba perdida y despistada. Deja que...
—No estaba perdida ni despistada. *Fingía* estarlo, y nos observaba.
—Parece una tía normal. No veo nada que...
—¿Una tía normal? Ya, muy normal, claro. *Stranger Things*, tercera temporada, la habéis visto, ¿no?

—No, Connor, no la he visto —dijo Claudia—. Algunas hacemos *algo más* que jugar a la Nintendo y ver series de TV...

—Yo te la cuento.

—Me lo temía.

—Un centro comercial a las afueras del mismo pueblo de las temporadas anteriores, ¿vale?, hay tiendas de ropa y todo eso, y una heladería, hay una heladería que se llama Ahoy, ¿sí?

—Yo creo que hablas tanto porque te gusta escucharte —dijo María—, te gusta el sonido de tu voz...

—¡Concéntrate en la heladería, no en mi bonita voz! Allí trabaja Steve, que era novio de la hermana de Mike, pero ya no lo es porque ahora está con Jonathan, el hermano de Will, y a Steve le han puesto el uniforme más ridículo que puedas imaginarte, pobre tío, era el guapo de la segunda temporada y ahora van los guionistas y lo visten de Popeye, ¿te lo puedes creer? Y encima le ponen de compañera de curro a Robin, una tía guapísima...

—¡Connor! ¿De qué va todo esto?

—¡Va de que el centro comercial donde está la heladería Ahoy no es un verdadero centro comercial sino una base subterránea de los rusos! ¡De eso va! ¡Los rusos! ¡Los soviéticos!

—Estás fatal, Connor. Cada día peor. No hay quien te entienda.

—Los rusos han descubierto la puerta interdimensional que se abrió en la primera temporada, cuando Will desapareció, y quieren usar todo ese poder para dominar el mundo y...

—Sé que me voy a arrepentir de preguntarlo —dijo Claudia con suspicacia—, pero ¿qué-tiene-esto-que-ver-con-Guadalupe?

—¡Tiene que ver con que esa heladería y ese centro comercial no son lo que parecen! ¡Y a nuestra perversa profesora de LUN le pasa lo mismo, que tampoco es lo que parece! ¡Nada es lo que parece, nunca! ¡Nada! ¡Las chicas que parecen simpáticas luego no lo son! ¡Y las chicas seriecitas, como Velia, son las más graciosas!

—No me metas en esto, Connor —dije, aunque reconozco que me sentí halagada porque normalmente yo pasaba desapercibida en este tipo de conversaciones, y porque nunca pensé que pudiera ser *graciosa* para nadie.

—Me aburre este tío —añadió María—. Mejor nos vamos.

—¿Queréis una prueba?

—Qué prueba.

—Una prueba que reafirme mi... mi teoría.

—No tienes ninguna prueba y no tienes ninguna teoría. Solo esas... cosas que salen de tu cabeza.

—El tatuaje.

—Qué tatuaje, Connor. Yo no he visto ningún tatuaje.

—Porque no te has fijado. Pero yo soy muy observador, a mí no se me escapa nada. Yo soy Sherlock Bones.

—Holmes. *Bones* es otra serie de...

—Eso, Holmes. Mano derecha. Interior de la muñeca. A ese tatuaje me refiero.

—¿Y de qué es el tatuaje misterioso, si puede saberse?
—Tendréis que descubrirlo vosotras. Ya que no confiáis en mí... Ya que pensáis que me lo invento todo... Y que no digo más que chifladuras...
—¿No vas a decírnoslo?
—Adiós, lindas damas, ha sido una conversación muy agradable. Suena el timbre. No quiero llegar tarde a clase. Adiós, adiós...
—¡Connor! ¡Vuelve aquí!

A la mañana siguiente nos sentamos en primera fila, expectantes. Hacía tanto calor como en un día de verano, y sin embargo Guadalupe llevaba una blusa de manga larga que le quedaba un poco grande. Detrás de nosotras podíamos percibir la sonrisa de Connor, y un murmullo entre dientes que repetía «Os lo dije».

De Bergerac. Cada cual forja sus propios mitos, figuras a las que seguir y venerar, pequeños dioses. Deportistas, actrices, cantantes, *tiktokers*, videojugadores profesionales, estrellas del pop coreano de quienes necesitamos saber dónde viven, con quién salen, qué comen y qué están haciendo justo en este instante en el que esperas en la parada del autobús, sin nada que hacer, y llueve. Son personajes que van contigo a todas partes, y te hacen compañía. Seguro que tienes los tuyos, algunos muy comunes, y otros inconfesables, solo tus búsquedas de Google conocerán el secreto. ¿Es posible que el caballero de Bergerac se convirtiera para nosotros, las chicas y chicos de la nebulosa de Orión, en un mito, en una estatuilla a la que adorar?

¿Estábamos así de locos? ¿Y de verdad existió en la Francia del cardenal Richelieu un tipo llamado Cyrano de Bergerac? ¿Eran tan prodigiosos su talento, su ingenio y su descaro? ¿Y tan descomunal el tamaño de su nariz como para que siglos después fuera conocido en todo el mundo por semejante atributo? ¿O se trata de una invención, una leyenda, un personaje literario?

Las dos respuestas son correctas. Todas lo son.

Es cierto que existió un mosquetero llamado Hercule-Savinien, que tomaría prestado de su padre el apelativo *Cyrano*, y que por la procedencia de su familia sería conocido como *de Bergerac*. Y ese tal Hercule era un bocazas y un fantasma cargado de orgullo tanto como de acero. Se alistó en la guardia real y luchó en la guerra de los Treinta Años contra los tercios españoles. Cumpliendo con el ideal del escritor-guerrero (como Cervantes, como Lope de Vega), compuso poemas, novelas y piezas de teatro, y quiso ser uno de esos galanes de París que enamoraba a las damas y provocaba el terror de sus rivales. Su desagradable aspecto hizo que el terror también lo provocara entre las damas, y su vida transcurrió entre el desamor, la poesía y los duelos a muerte con quien se atreviera a gastarle media broma.

Doscientos cincuenta años después, el mosquetero horripilante regresó del más allá para convertirse en personaje de ficción, gracias a una comedia escrita por Edmond Rostand. Sería entonces cuando alcanzaría la inmortalidad que sus propias obras no le concedieron. El Cyrano recreado por Rostand, que tomó pellizcos de la realidad e inventó el resto, es un pobre hombre enamorado de la mujer equivocada, la bella Roxana, la más hermosa de todo París. Para su desdicha, Roxana cae a los pies de un joven cadete aspirante a mosquetero, llamado Christian de Neuvillette, recién llegado a la corte.

El nudo no es muy distinto al de cualquier peli que hayas visto últimamente: Cyrano ama a Roxana, Roxana ama a Christian, y ya tenemos el triángulo amoroso, el engranaje clásico de las comedias de enredo. Pero la cosa continúa: Roxana suplica a Cyrano que proteja a Christian; la vida de un mosquetero es arriesgada y no desea que su enamorado sufra ningún percance. Si Cyrano lo toma bajo su protección, nadie se atreverá a hacerle daño. Y el triste Cyrano, que nada puede negarle a la bella Roxana, promete hacerlo, aunque el corazón se le rompa en pedazos.

Conclusión contemporánea y un tanto apresurada: los feos nunca se llevan a la guapa del instituto. Los feos pueden ser los mejores amigos, pero nada más. Ocurre en Netflix y en la vida real, que no hace otra cosa que imitar a Netflix.

Y a las feas les pasa lo mismo. O incluso algo peor. *Fea* es una palabra tan fea, *fea* contiene tanto dolor y tanta fealdad. Si te dicen que eres fea es como si te dijeran que tu vida no cuenta, que sobras, que sería mejor que no existieras, basta con hacer *scroll* en Instagram para entender eso... *Fea.* Como todas las chicas de dieciséis años, yo no dejaba de mirarme al espejo para martirizarme con mis defectos (los dientes desiguales, los ojos un poco caídos, la maraña de pelo), sufriendo por no ser tan bonita como una Nancy o como un personaje de *Sailor Moon*, y confiando en que mágicamente una mañana floreciera y me convirtiera en una mujer fotografiable, casi sin filtros. Quién no quiere eso. Quién no quiere despertarse y ser otra persona.

Es demasiado aburrido ser uno mismo, sin variación.

Supongo que por eso existen los libros, los cómics, los videojuegos, las pelis, las series. Y el teatro, que estaba allí desde el principio.

Una anomalía. El pequeño enigma del tatuaje no llegaba a ser la gran conspiración con la que fantaseaba Connor, pero era suficiente para alimentar el chismorreo de la pradera. Además de la manga larga, Lupe llevaba un reloj de pulsera bastante ancho, un reloj deportivo que no encajaba con su atuendo... Nada de aquello tenía sentido, un tatuaje es una bandera, un estandarte que quiere exhibirse. A no ser que se arrepienta, claro, a no ser que sea algo íntimo que no puede mostrarse en un instituto, delante de unos chavales. ¿De qué se trataría? ¿Qué imagen o qué palabra sería tan ofensiva?

A pesar de la cercanía (el aula era muy pequeña) no lográbamos adivinarlo. ¿Eran letras? ¿Puede que sobresaliera una efe con trazo de caligrafía, una be mayúscula? María decía que seguro que era el nombre de su novio, o de un amor que acabó en desastre. ¿No serían las alas de un pájaro? ¿O las escamas de una serpiente? ¿Las hojas de un árbol?

Los profesores nunca llevan tatuajes, no va con ellos. Los profesores son gente formal, camisas de cuadros, cuerdecita en las gafas. Se supone que están en el lado correcto de las cosas, y en ese lado no hay tatuajes, ni fiestas, ni excesos... Los profes son figuras distantes que no se emborrachan y que no saben bailar ni divertirse.

Pero ¿y si hubiera alguno que no fuera así? ¿Y si Lupe fuera una excepción a esa norma? ¿Cómo sería su vida lejos de las aulas, a qué se dedicaría además de a corregir nuestros comentarios de texto?

Fantaseaba con ella, podía imaginarla viviendo en el extranjero, vistiendo de manera estrafalaria, tocando en un grupo que da conciertos en los sótanos de los bares, quizá como solista de una banda de música electrónica, esas tías profundas que cantan mirando al techo con una voz espiritual... ¿Cómo había acabado alguien así dando clases en un instituto insignificante de una ciudad insignificante, vestida con blusita de mujer normal, con pantalones estrechos y zapatos planos, ocultando ese tatuaje que era el testimonio de su pasado, la huella de una juventud salvaje?

Espoleada por mis propias especulaciones y por los disparates de Connor, todo lo que rodeaba a la Extraña despertaba mi curiosidad, como cuando terminaba un capítulo de *El prisionero de Azkaban* y necesitaba saber qué iba a ocurrir en la siguiente página.

Lupe era una anomalía, un fallo del sistema que no debería estar ahí.

La llave. Fueron días veloces y atropellados, mis recuerdos se mezclan unos con otros y me cuesta rehacer el hilo de los acontecimientos. Durante la primera semana de clase, Lupe nos hablaría probablemente del índice, del temario, de los criterios, de nuestras tareas y obligaciones, y yo apuntaría cada cosa en mi cuaderno, con esa letra de caligrafía que me resistía a perder a pesar del paso de los años. Sí, supongo que se repetiría el tedioso protocolo de cada asignatura, y que ella abundaría en el mensaje de «Chicos, ya estáis en el bachillerato, aquí no se regala nada, etcétera», como si los profesores se pusieran de acuerdo para subir nuestros niveles de ansiedad y conseguir que abandonáramos cualquier esperanza de ser felices. Tal vez fue así, pero solo me acuerdo del misterio del tatuaje, de la fascinación que me provocaba aquella mujer enigmática, de las elucubraciones, de las conjeturas y de los planes de ataque de Connor, que paladeaba su venganza... En la pradera, nuestras conversaciones giraban sobre el mismo eje.

—Así que era yo el que se inventaba las cosas, ¿no? —dijo Connor—, el que fantaseaba y decía pamplinas...

—Pero ¿llegaste a ver el tatuaje el primer día? ¿No llevaba puesto el reloj? —le pregunté.

—Puede que sí lo viera. O puede que no.

—Oh, eres tan...

—Encantador...

—Exactamente. Eres encantador, Connor.

—Sería muy triste que el misterio se desvelara tan pronto, ¿no?

—Parecéis las viejas del visillo. Qué importa que lleve un tatuaje, hoy todo el mundo tiene uno —dijo Claudia.

—Cuando cumpla dieciocho años voy a tatuarme un delfín aquí mismo —dijo María señalando la cara interna del antebrazo.

—Os propongo una cosa —dijo Connor—: vamos a espiarla, vamos a seguir sus pasos...

—Tú flipas —dijo María.

—No voy a espiar a ninguna profesora —contestó Claudia, tajante.

—Pobre mujer, dejadla en paz, ya tiene bastante con aguantarnos. Y con leer esos libracos de pesadilla que carga en el bolso —añadió María.

—No se trata de espiar-espiar..., sino de... de descubrir cosas. Os habéis fijado en lo que ha ocurrido hoy al terminar la clase, ¿no?

—A ver, ¿qué ha ocurrido? —preguntó Claudia con cansancio.

—Ja, ni siquiera os habéis dado cuenta... Pero yo sí, porque soy como Sherlock Yack...

—Holmes. Eso es de otra serie. De dibujos animados.

—... Cuando ha tocado el timbre, ha recogido sus cosas, como siempre, las ha metido en ese bolso enorme que lleva a rastras y...

—Y qué, Connor... No inventes.

—... Y ha olvidado apagar el ordenador antes de salir del aula, ¡bang!

—Guau. ¡Qué misterioso!, ¿no? Un ordenador que se queda encendido...

—A ver, ¿qué es lo más importante de un ordenador?
—¿La memoria? ¿Los archivos? ¿El procesador?
—El historial, Claudia. ¡El historial de búsquedas! Un historial de navegación dice de cualquiera de nosotros más que un diario secreto. Tú misma, María, piensa que alguien entrara en tu casa mientras estás aquí, en el instituto, abriera tu portátil y mirara tu historial de ayer por la tarde...
—Ay, no. Me moriría de la vergüenza...
—Si de verdad queremos saber quién es esa profesora tan extraña, solo tenemos que acceder al historial...
—El ordenador se habrá apagado solo, el mío lo hace si...
—Error: el sistema *hiberna* pero la sesión sigue abierta.
—Da igual, ¿cómo vas a entrar en el aula? Está cerrada con llave...
—Curiosamente, hoy me mandaron a la conserjería a por unas fotocopias...
—No, Connor...
—En la conserjería hay un pequeño armario donde se guardan todas las llaves del instituto...
—No quiero escucharlo...
—El conserje se despistó...
—Basta, Connor.
—El armario estaba abierto...
—No lo digas, no lo digas...
—Prácticamente se puede decir que la llave saltó hacia mí...

Sacó la mano derecha del bolsillo del pantalón, y lentamente abrió los dedos con un gesto teatral. Connor cuidaba esos detalles.

—¡Has robado la llave!
—Eres...
—Un genio, ya lo sé.
—Un genio del mal —dijo Claudia.
—Lo acepto.
—¿Y cómo vamos a entrar sin que nos vean? —pregunté.
—¿*Vamos*? ¡Velia! ¡No le sigas el juego!
—Esa es la mejor parte del plan —dijo Connor—. Lo haremos esta tarde.
—¿Esta tarde?
—Por la tarde no hay profes, solo están las limpiadoras... Diremos que..., diremos que hemos venido a una reunión.
—Te van a pillar. Te expulsarán. No terminarás el bachillerato. Nunca estudiarás en la universidad, ni en Gales ni en ninguna otra parte. ¡Y tu vida será horrible! —sentenció María.
—¿Quién se apunta? Necesito que alguien vigile el pasillo mientras...
—Cuenta conmigo —dije.
—¡Velia! —gritaron Claudia y María al mismo tiempo.
—Os habéis vuelto locos. Los dos. Tú más que él, porque él ya estaba loco antes —dijo María, señalándome con el dedo.
—Es un plan perfecto —continuó Connor—. ¿Os acordáis de lo que hizo Roberto el año pasado?

¿Cuando Nicodemo, el de Historia, olvidó el USB en el ordenador del aula? Fue una operación encubierta, perfectamente planificada. Roberto vino por la tarde, se escurrió sigiloso como una serpiente y... ¡Tachán! Copió todos los archivos. ¡Incluida la carpeta que contenía los exámenes de fin de trimestre! No *se llevó* el USB, eso habría levantado sospechas, sino que *copió* los datos. Haremos lo mismo con la llave, la dejaremos en su sitio cuando hayamos terminado... O en el aula, como si Lupe la hubiera olvidado allí.

—Muy propio de Roberto.
—¿Eso hizo? No lo sabía... Por eso sacó sobresaliente, qué canalla...
—Terrible —dijo Connor—. Quiso cobrarme cincuenta euros por echarle un vistazo.
—¿Le pagaste esos cincuenta euros para hacer trampas?
—¿Por quién me has tomado? ¡Solo le pagué treinta!
—Connor...
—Pero en ese caso se trataba de conseguir unos exámenes —reflexionó María—, había un beneficio detrás... ¿Y en esto? ¿Qué más da que Lupe sea un poco rara, qué importa que lleve tatuajes o deje de llevarlos? ¿De qué serviría conocer su historial de...? No lo entiendo, la verdad...
—Yo te lo explico: Connor ha convertido a Guadalupe en su archienemiga desde el primer día de clase... —dijo Claudia.
—Mentira. Fue ella quien me convirtió *a mí* en su archienemigo...

—... Porque Connor está mal de la cabeza y cree que vive dentro de una peli de superhéroes, o en un videojuego tipo *shooter*... Se imagina a sí mismo arrastrándose por los pasillos, la pantallita de esos videojuegos en primera persona, ¿sabes a qué me refiero?, la barra de energía aquí abajo, las armas, la miniatura del mapa... Un flipado, parece que no lo conoces.

—Tienes razón, es un flipado. No tiene remedio.

—¡Ey! Que sigo aquí, ¿os acordáis? ¡No podéis hablar de mí como si no estuviera delante, es de mala educación!

—¿Y a ti, Velia? ¿Nos puedes explicar qué bicho te ha picado? ¿Por qué te metes en esto?

—No sé. Es como una travesura...

—¿Una travesura? ¿Quién eres tú y qué has hecho con Velia? —preguntó Claudia irónicamente—. Conozco a mi amiga desde que íbamos juntas a la guardería, y sé que no hace travesuras. Nunca.

—Puede que ya esté cansada de ser una niña buena.

—Oh, lo que faltaba: Velia rebelde... Velia contra el mundo.

—No te rías de mí.

—Necesito sacar buenas notas este año —dijo Connor—, me harán falta para...

—Para estudiar Derecho en Gales, ya...

—Solo entran los mejores expedientes, y Guadalupe me odia desde la primera vez que me vio, me tiene manía... Si consigo adelantarme a sus movimientos...

—Otra vez está hablando como si fuera un videojuego...

—... Y anticiparme a su próximo golpe... La información es poder, puede que haya dejado abierta la sesión de una nube, podría descargar los archivos y...
—Flipado. Absoluto. Sin solución.
—Todas esas neuronas desaprovechadas... Qué lástima.

Mis amigas tenían razón. ¿Qué me impulsaba a cometer semejante disparate? ¿Por qué correr un riesgo innecesario? ¿Cuál sería el castigo si nos sorprendieran? A pesar de que iba en contra de toda lógica, y a pesar de las fundadas protestas de María y de Claudia, decidimos montar la operación esa misma tarde, antes de que nadie echara en falta la llave robada. Todavía me pregunto por qué lo hicimos y cómo fuimos capaces, no sé de dónde saqué el coraje y la poca vergüenza para atreverme con algo que no encajaba con mi carácter. Quizá fue el arrojo de Connor, su entusiasmo. Siempre fui sensible al entusiasmo de los demás, que me empujaba como la música del flautista de Hamelín. A eso se añadió que Claudia me tomara de los hombros y me dijera «Ni se te ocurra», porque de alguna manera sentí que no hacerle caso sería como desobedecer a mis padres. Claudia era la sensatez, Claudia era *lo correcto*, y por una vez yo deseaba seguir el camino torcido.

El cerrojo. Es curioso comprobar cómo funciona la memoria: hay muchas cosas que he olvidado, cosas que en su momento me parecerían terribles o trascendentales y que acabaron perdiéndose en el tiempo, y en cambio puedo recuperar con viveza la sensación de entrar en el instituto aquella tarde de finales de septiembre, la luz amarilla filtrándose por las claraboyas de la segunda planta, reflejándose en las paredes de azulejo blanco y haciendo que el edificio pareciera un lugar muy diferente al que habitábamos por la mañana. Los pasillos no eran los oscuros corredores de Hogwarts pero tenían algo siniestro, como si se hubiera producido una catástrofe y la gente hubiera huido atropelladamente, dejando las aulas abiertas y los libros y los cuadernos sobre las mesas, como esas pelis apocalípticas en las que los protagonistas entran en un edificio abandonado en busca de víveres o de un teléfono que aún funcione...

La puerta estaba entornada, entramos con cautela como si nuestros pasos fueran muy pesados, y enseguida nos dimos de bruces con la inevitable realidad, que no aparecería en el guion de ninguna peli: una de las limpiadoras del turno de tarde nos cerró el paso, como si el cubo de la fregona fuera un *checkpoint* militar, un control de acceso infranqueable. Allí estábamos Connor y yo, con nuestra peor cara de espías. Ni siquiera habíamos dado diez pasos y ya nos habían pillado.

—¿Adónde vais vosotros dos? Aquí no se puede estar —exclamó la guardiana de la frontera.

Yo nunca infringía las normas, me faltaba experiencia en esas situaciones. Por suerte, Connor estuvo rápido de reflejos y soltó a bocajarro una coartada según la cual éramos los delegados de 1.°A y 1.° C, nos habían convocado a una reunión y no sabíamos muy bien de qué iba, se trataba de discutir las nuevas normas del consejo escolar, o a lo mejor era una comisión para proponer medidas de convivencia, o un proyecto de intercambio con otros centros o quizá... Connor hablaba y hablaba, desplegando sus futuros recursos de abogacía y apabullando a la limpiadora, que debió de cansarse de la perorata y franqueó el paso.

—Bueno, pero no enredéis. Y esperad en la puerta de la biblioteca, quietecitos. Ya aparecerá alguien.

—Vámonos, Connor —susurré cuando ya nos alejábamos—. Seguro que ahora llama al jefe de estudios para contárselo...

—No podemos irnos, se notaría demasiado... Venga, subimos y seguimos con el plan, tardaremos treinta segundos, luego bajamos y decimos que nos hemos equivocado de día, que la reunión no era hoy... Al lado de la biblioteca hay otra escalera, ¡vamos, date prisa!

Me tomó de la mano sin dejar que respondiera y trotamos por los peldaños hasta la tercera planta. Subimos juntos los seis tramos, sin separarnos. Recuerdo la extraña sensación de sentir la mano de Connor apretando la mía, ese contacto innecesario que me infundía valor y confianza para cometer la travesura.

Una travesura. Aquello era una verdadera travesura, solo nos faltaba el Mapa del Merodeador que los hermanos Weasley robaron de la oficina de Filch... Me gustaba *merodear* con Connor, sin compartirlo con nadie. Siempre pensé que estaba enamorado de Claudia, y que por eso se comportaba delante de ella de una manera tan acelerada, como si se obligara a resultar ingenioso con cada frase para impresionarla. Cuando estaba a solas conmigo, sin embargo, su voz se volvía menos aguda y el grado de sus pamplinas descendía, se humanizaba, estoy segura de que hasta sus pulsaciones se espaciaban. Yo le sentaba bien a Connor, era una evidencia biológica. Connor y yo viviendo la gran aventura, como dos personajes de Enid Blyton.

Llegamos a la puerta 27B, y caí en la cuenta de que teníamos un problema.

—¡La cerradura! ¿No te acuerdas? ¡Se atasca y hace un ruido de mil demonios! ¡Se oirá en todo el instituto! ¡Nos descubrirán!

—No te preocupes, soy un experto en estas cosas...

Como si fuera a desactivar una bomba o a programar un aparato muy sofisticado, Connor se puso de rodillas, entornó los ojos, introdujo la llave e intentó que girara... Nada. La agitó de izquierda a derecha, volvió a intentarlo. No había manera. El mecanismo debía de estar oxidado.

—Vámonos —dije—. Es una señal.

—No existen las señales.

—Lo hemos intentado, y no...

—«Hazlo o no lo hagas, pero no lo intentes».

—¿A qué viene eso?

—Es lo que le dice el Maestro Yoda a Luke en el planeta Dagobah, cuando intenta sacar la nave del pantano con ayuda de la Fuerza... Hazlo o no lo hagas...

Y entonces el cerrojo cedió, ¡clac!, provocando un enorme estruendo que retumbó en el pasillo, como si una armadura medieval cayera por el hueco de la escalera. La reverberación se extendía a través de las naves de todo el instituto, era imposible que las limpiadoras no se hubieran sobresaltado, vendrían a por nosotros, nos darían caza, nos despedazarían y arrojarían las piltrafas a los pies del jefe de estudios, que era un tirano insensible...

Contuvimos la respiración y apretamos los puños, temiendo que en cualquier momento apareciera un escuadrón de mortífagos preguntándonos qué ruido era ese, qué hacíamos en la tercera planta y por qué teníamos la llave del aula 27B... Volvimos a tomarnos de la mano, con los ojos entornados. La piel de Connor era fría y suave, como la cubierta de un libro nuevo.

—No viene nadie. Es el momento —dijo Connor—. Quédate fuera y vigila, voy a...

—¡No! —contesté, sintiendo el influjo de Hermione dentro de mí—. Te quedas tú. Yo me encargo...

—Pero...

—Se te ocurrirán mejores excusas si viene alguien y nos pilla. Yo confesaría a la primera y me echaría a llorar...

—Está bien, pero date prisa.

Entré en el aula, me senté en la silla que solía ocupar Lupe y moví el ratón. Si Connor estaba en lo cierto, eso debería ser suficiente para ponerlo en funcionamiento; pero la pantalla seguía en negro.

—¿Qué pasa? —dijo Connor, asomándose.

—¡Está apagado!

—Es la función de ahorro de energía, ¡pulsa el botón de encendido!

Lo hice, la pantalla se iluminó y se abrió la ventana del navegador, sin necesidad de introducir ninguna contraseña. Oh, dioses, qué estábamos haciendo, no tenía ningún sentido, buscábamos la Nada sobre Nadie. Claudia tenía razón, esto era mucho más grave que robar un examen de fin de curso, no podíamos hurgar en la vida privada de una desconocida como si...

A veces, la fuerza de los hechos vence a la lógica y a los principios.

Y a veces te comportas de un modo muy diferente al que se espera de ti.

Solo se trataba de husmear un poco, nadie tendría por qué enterarse, ni siquiera Connor. Le diría que el ordenador no funcionaba, que la sesión había expirado...

La primera ventana era una aplicación para pasar las faltas de asistencia. Parecía un sistema muy intuitivo. Si fuera una de esas chicas que se saltan las clases y se van al parque con sus novios, podría limpiar mi expediente en un parpadeo; pero, claro, yo era justo lo contrario, tendrían que amarrarme a la cama para que faltara un solo día al instituto. Seguí buscando. Desplegué el menú de herramientas y pulsé en el historial. Páginas de literatura, un portal educativo, un servidor de vídeos, algún periódico nacional... La teoría de la conspiración de Connor moriría sin sustancia, Lupe parecía una persona tan común como otra cualquiera, su historial no revelaba ningún secreto ominoso, y tampoco se vislumbraba ningún material descargable que sirviera para hacer trampas en los exámenes... Estaba a punto de abandonar cuando vi una ventana minimizada. Era una aplicación de mensajería. Sabía que no debía hacerlo, sabía que aquello iba en contra de la ética más elemental... Desplegué la pestaña y se abrió el hilo de una conversación con otro usuario, una larga conversación en la que LUPE1985 hablaba con JANOH11. El chat era desigual, la mayoría de los globos pertenecía a Lupe, JANOH11 apenas participaba. Frases tiernas, cariñosas, un romance, dos amantes separados por la distancia, entendí. Lupe hablaba del trabajo, se quejaba del horario y de los jefes, decía que tenía demasiados alumnos este año, que no conseguía concentrarse en las clases. Una mudanza, un piso de alquiler, las primeras dificultades, demasiados kilómetros... Tenían que verse pronto, ya no soportaba que estuvieran separados...

—¡Vámonos! ¡Viene alguien! —gritó Connor.

Apagué rápidamente, dejamos la llave en la cerradura y salimos corriendo.

—¡Suben por la escalera de la biblioteca! ¡Nos están buscando!

—¡Vayamos por la principal, los despistaremos!

Bajamos a trompicones, agachándonos como guerrilleros cada vez que cambiábamos de tramo. Al llegar a la primera planta escapamos sin mirar atrás, huyendo como conejos asustados. No fue una salida muy honrosa, desde luego, pero la cancha de nuestras travesuras no era más que un instituto vulgar de enseñanza secundaria, no una base ultrasecreta de los rusos. Como decía Claudia, Connor no soportaba que la vida no fuera igual que en la pantalla. Y quizá yo no soportaba que los pasillos de mi instituto no se parecieran a los deambulatorios de la escuela de magia y hechicería más famosa del mundo. Lo cierto es que la vida cansa, está llena de rutinas y vulgaridades, y de vez en cuando todos necesitamos una aventura. Aunque tengas que crearla de la nada, sin fundamento ni materia.

Un dios extraño. A la mañana siguiente, en la pradera, María y Claudia no pudieron reprimir la inquietud.
—Entonces, ¿es verdad que lo hicisteis? ¿Os colasteis en el aula?
—Puede que sí. Puede que no... —arrancó Connor.
—Colega... Ya aburres...
—Claro que lo hicimos —anuncié.
—Venga ya, Velia —dijo Claudia—. ¿En serio?
—No se puede entrar en el ordenador de otra persona —protestó María—, seguro que es un delito federal o algo así...
—No existen los delitos «federales» en este país —se burló Connor—. Además, el ordenador no es de su propiedad. Está en la mesa, es material escolar, como los libros de la biblioteca o las raquetas de tenis del gimnasio. Nadie podría acusarnos de nada. El plan salió perfecto. Casi perfecto. Tendríais que haber visto a Velia, parecía una agente de S.H.I.E.L.D.
—¿Una agente de qué?
—De S.H.I.E.L.D., ¡en las pelis de Marvel! Una agencia de inteligencia, como la CIA pero con más naves y más armas y... ¡la Viuda Negra! ¡Nick Furia!
—No hay que preguntarte nada, nunca aprendo...
—En realidad, no sirvió de mucho —dije—. Solo había cosas de profes, sin interés... Y casi nos pillan, nos libramos por un pelo. Pero, bueno, fue divertido.

Por supuesto, me guardé el secreto de la conversación con JANOH11, me daba vergüenza reconocer que había puesto los ojos en algo tan privado, tan íntimo...

—Entonces podemos dejar el tema de una vez, ¿no? —dijo Claudia—. Lo del tatuaje y lo de la profesora misteriosa que no esconde ningún misterio...

—A lo mejor no hay ningún misterio —dijo María—. A lo mejor las cosas son como son, Connor. Es posible que ese sea el único misterio de las cosas: que no hay misterio, que la realidad es justo la que ves y que no somos los chicos de *Stranger Things*, que la armonía y la paz del universo no dependen de nosotros, y que todo es un lío enorme, y somos motitas de polvo insignificantes...

Sus palabras sonaron como una perla de sabiduría. Nos conmovimos. De verdad.

—Y ahora —continuó mi amiga—, después de la que has liado, ¿puedes decirnos de una maldita vez qué aparecía en ese tatuaje, Connor? Si es que de verdad llegaste a verlo el primer día de clase, cosa que ya no tengo tan clara...

—Claro que lo vi. Y ella se dio cuenta, y por eso me odia...

—No te odia, Connor —dijo Claudia—, pero tampoco le entusiasmas, y para ti eso es difícil de soportar...

—El tatuaje, Connor —insistió María.

—Era un nombre.

—¿Un nombre?

—Sí. Un nombre. *Jano.*

Sentí un cosquilleo recorriendo mi nuca.

—Creo que es un dios romano o griego, un dios extraño, y mira que todos los dioses antiguos eran raros... Ese tal Jano tenía dos caras. Una detrás de la otra. En la nuca. Decían que una cara miraba hacia el futuro y otra hacia el pasado. Jano bifronte.

Igual que el profesor Quirrell en *La piedra filosofal*.

—¿Y por qué se tatuaría nadie el nombre de ese dios... —comenzó a decir María—, o de alguien que se llamara así?

—No conozco a nadie con un nombre tan raro...

—Pero conoces a una Dámaris, a un Jasón y a una Nereida...

—No es lo mismo...

—Otra vez no, por favor, no empecéis... —intervino Claudia.

—Vale, vale, ya me callo —concedió María—. Que se tatúe lo que le dé la gana, a mí me da igual. Si os digo la verdad, ya casi me cae bien. No me parece tan borde como el primer día, creo que solo tiene esos arrebatos de mal humor cuando se le va la cabeza o cuando se fija en Connor y le da rabia que sea tan... Connor... La clase de hoy ha sido muy buena, me gustó mucho la historia de Gilgamesh y Enkidu, los sumerios, la escritura en tablillas de barro de hace miles de años... Es alucinante, si lo piensas. Unos tíos que acababan de inventar la agricultura y que se reunían para contar historias de sus dioses, y a uno se le ocurrió grabar esas señales en la arcilla, y aparecen las letras, las palabras... Voy a hacer un trabajo voluntario sobre la poesía épica. Quizá

tú también tendrías que hacerlo, Connor, para subir esas medias que te obsesionan, y dejarte de cuentos de espías...
—La sabiduría celestial de María es como la brisa que...
—Paso de ti, haz lo que quieras. Solo era un consejo. Lo haré yo solita.
—María es el ángel que nos inspira, María nos conduce por el buen camino y nos llena el corazón de...
—Para ya, pesado... —dijo María, sonriendo.

Las primeras semanas. Transcurrieron las primeras semanas del curso, cargadas de trabajo. Los profesores nos acribillaban con tareas, exámenes y pruebas preliminares, tenían prisa por recuperar el tiempo perdido en la obligatoria. Algunos de mis compañeros, también María y Connor, se ahogaban con tanto apunte y fecha de entrega, pero debo reconocer que esa nueva exigencia me servía de estímulo, prefería mil veces ver la agenda repleta de avisos y recordatorios que seguir languideciendo en la nada de los cursos anteriores.

Me gustaban mucho las clases de Filosofía y de Historia, llegaba a soportar las complicaciones de la morfología y la sintaxis avanzada, y me deleitaba con las cinco declinaciones que nos enseñaba pacientemente doña Lourdes, una profesorcita de Latín que se resistía tenazmente a la jubilación y a quien llamábamos el Amo del Calabozo, por lo pequeñita que era.

Los profesores ya no entraban amedrentados en las aulas, sonreían, se esforzaban y parecían casi humanos. Ocurría incluso con los que conocíamos desde hacía años, como el bueno de Nicodemo, el profe de Historia al que Roberto le birló el examen. Durante la obligatoria, Nicodemo no hacía más que avanzar con el libro de texto y corregir actividades intrascendentes, pero ahora, en el bachillerato, nos rompía la cabeza con enigmas contrafactuales, trazaba una flecha del tiempo y lanzaba hipótesis imposibles... ¿Qué habría ocurrido si Cartago hubiera derrotado a Roma? ¿Y si César hubiera sobrevivido al complot? ¿Y si los visigodos hubieran vencido a los musulmanes en el 711?

A los dieciséis años, mis ojos y mis oídos eran radares que se alimentaban de cualquier señal de conocimiento, lástima que la vergüenza me impidiera levantar la mano y participar en unos debates en los que Claudia y Connor brillaban especialmente, y en los que tuve que reconocer que aquel chico nuevo, Vélez, se defendía bastante bien. Pronto se convirtieron en rivales: *Connor vs. Vélez, ¡fight!* Connor decía que Cartago habría conquistado Europa con facilidad, Vélez se burlaba diciendo que las tropas de Aníbal no habrían sido rival para los pictos del norte, y en mi cerebro de aprendiza bullían mil ideas, mil conjeturas.

Más allá del dativo y del acusativo de doña Lourdes, y más allá de las tropas de Escipión y la conjura de Bruto, fueron las clases de Guadalupe, nuestra agente del mal favorita, las que me cautivaron ese año. Seguía siendo tan desordenada como al principio y eso me alteraba los nervios, aunque a veces se esforzara por garabatear mapas de conceptos con un rotulador agonizante. Las lecciones se sucedían, los textos de la vieja literatura pasaban por nuestras manos y se materializaban, y al cabo de unos días formaban parte de nosotros. El episodio de la *Odisea* en el que Ulises engaña a Polifemo diciéndole que se llama Nadie, el acertijo de la Esfinge que Edipo resuelve sin dudarlo, el llanto de Antígona suplicando que le dejen enterrar a su hermano Polinices... Y las enseñanzas de Confucio, las paradojas del taoísmo, aquel relato que hablaba de un tipo llamado Chuang Tse que soñó que era una mariposa, y que al despertar ya no sabía si era una mariposa que ahora soñaba ser Chuang Tse...

—A ese efecto se le llama «puesta en abismo» —explicó Lupe—. Un cuento que contiene otro cuento, o una imagen que contiene la misma imagen, y que se repite en bucle sin que...

—Como los quesitos de La vaca que ríe —dijo Juanito, provocando nuestras carcajadas—. ¿Qué pasa, no conocéis esos quesitos? En la caja aparece una vaca roja, ¿vale?, que ya es raro, dónde se ha visto una vaca roja... Pero además la vaca se está riendo, ¡por eso se llama La vaca que ríe! Y tiene unas argollas en las orejas, así, ¿y sabéis qué hay dentro de esas argollas? Vais a flipar... ¡Una caja de quesitos de La vaca que ríe! ¡Una caja, y dentro otra caja, y dentro otra caja más! ¡Y no termina nunca! ¡Qué angustia!

—Fantástico. Es el mejor ejemplo posible de puesta en abismo —dijo Lupe—. Chico listo, Juanito.

—Gracias, seño. Estos piensan que soy un bruto, y ya ves...

—La literatura taoísta, a través de paradojas como la de los quesitos, intenta que reflexionemos sobre el tiempo, el espacio, la existencia... Hay veces que los escritores hablan de cosas muy concretas, cosas que provocaron angustia en un momento determinado, como cuando Aristófanes escribe *Lisístrata*, harto de las guerras que enfrentaban a Esparta y Atenas... Y otras veces los autores piensan a lo grande, se olvidan de la tierra que pisan y miran al cielo, y surgen los poemas inmortales, las grandes tragedias, el dolor de Andrómaca por la muerte de Héctor, los recelos de Ulises cuando vuelve a su reino disfrazado de mendigo...

Había dos Guadalupes, igual que había dos Velias. Una era la profesora ingeniosa y dotada para la oratoria que nos embelesaba, y otra era la mujer apesadumbrada que siempre tenía prisa por marcharse y con la que difícilmente conseguíamos hablar de nada que no fueran las fechas de los exámenes. Esa segunda Guadalupe iba y venía, aparecía los lunes y los viernes, como si la proximidad del fin de semana implicara un vacío, y desaparecía durante el resto. Para los demás, la bipolaridad de Lupe seguía siendo un misterio, pero para mí tenía cierto sentido. Yo adornaba sus prisas y su mal humor con el romance imaginado de Jano/Lupe, el desamor, los celos, la distancia, los amantes separados por un ingrato destino laboral, el secreto al que pude asomarme en una conversación prohibida, como si hubiera leído su mente...

Cuando estaba en plena forma, Lupe era capaz de crear un aura de palabras a su alrededor, como si tuvieran una entidad propia, sus manos moviéndose frenéticas como insectos. No he vuelto a conocer a nadie con esa destreza; tuve buenos profesores en el instituto y en la universidad, pero ninguno que hiciera que nos olvidáramos de la tarima, de los apuntes, de su propio cuerpo respirando y existiendo. En sus clases se producía el raro milagro de la transfiguración, solo existían las frases, las ideas, los conceptos. Detrás de la puerta del aula no había nada, el mundo desaparecía, y aprendías por contagio, como si las ideas fueran esporas.

Aprendías la regla de las tres unidades del teatro clásico.

Aprendías que todas las pelis de kung-fu están inspiradas en Confucio, y que la saga de *Star Wars* es un pastiche taoísta.

Aprendías que el cráneo que sostiene Hamlet era el de un pobre bufón de la corte, un comediante.

Y que el Romanticismo no solo eran besos y mucho amor, sino también espectros, monstruos cibernéticos, vampiros y cementerios en ruinas.

A veces, mientras escuchaba absorta una lección sobre Hesíodo, oía bostezos de aburrimiento. ¡Bostezos! ¿Cómo era posible? ¿Cómo se atrevían esos gandules? Aun así, a medida que pasaban los días, el corazón de los gandules fue reblandeciéndose, incluso el corazón helado de Connor. No hay que exagerar, no se trataba de una misión tan difícil, no éramos chicos del Bronx que hacen la vida imposible a sus maestros hasta que, de pronto, aparece un bravo profesor que se preocupa por ellos, que se juega la vida contra los matones del gueto y que les enseña a cantar música góspel. Para nada. Puede que en el cine las cosas funcionen así, pero la vida real es de otra manera. Por una parte, porque ni éramos pandilleros ni vivíamos en el barrio de los yonquis. Y por otra, porque tampoco es que Guadalupe fuera una profesora heroica, no nos zarandeaba, no se partiría la cara por nosotros. Lupe entraba en el aula y hablaba de lo que sabía con entusiasmo, y creo que era suficiente con eso. Porque el entusiasmo es como el amor: o te hace reír o se contagia.

Contagiada sin remedio, yo era una yonqui del conocimiento, igual que María era una yonqui de los noviazgos y Connor un yonqui de la comedia. Y Claudia..., bueno, digamos que Claudia tenía otra clase de dependencias y sometimientos, dentro de su cabeza había tinieblas que los demás apenas sospechábamos. Aún no lo sabíamos, pero Claudia estaba a punto de levantar con sus propias manos una lápida debajo de la que descansaba, desde hacía siglos, el espectro de Cyrano de Bergerac. Y nada volvería a ser lo mismo después de aquello.

SEGUNDO ACTO
LA HERMANDAD

Dante. Sería finales del mes de octubre. Después de leer algunos cuentos de Boccaccio, hablábamos de la estructura triangular de la *Divina Comedia,* y allí estaba yo, inmersa en el cielo, el infierno y el purgatorio de Dante Alighieri, sumergida hasta las orejas en las tribulaciones de la Edad Media italiana, cuando de pronto la profesora se detuvo bruscamente, haciendo que el aura de sus palabras se volatilizara.

—Bueno, ¿qué pasa? —preguntó Lupe.

Silencio. Un incómodo silencio de ceño fruncido.

—No pasa nada, seño —dijo Juanito, rompiendo la tensión—. ¿Qué tiene que pasar?

—Me refiero a qué pasa, en general. Qué pasa con esta clase. Con la asignatura. Estáis ahí, callados como tumbas. Parece que hablo para las sillas, para las mesas y para las paredes.

Silencio de nuevo. No era ni lunes ni viernes, pero se avecinaba uno de sus habituales cambios de humor, cuando se convertía en la severa institutriz de un internado y yo volvía a acordarme del tatuaje misterioso.

—Paremos un poco, y dejemos al pobre de Dante para otro día —dijo.

¿Parar? ¿Por qué había que parar? ¿Qué tenía de malo Dante, qué había de malo en el *Trecento*, en la Baja Edad Media? ¿Parar? ¿Y ahora qué? ¿Otro hueco en mis apuntes? Mejor sigamos descubriendo los terceros encadenados, el dialecto florentino...

—Llevamos casi un mes y medio de clase, queda un curso muy largo por delante, y os miro y estáis ahí, tan quietecitos y tan obedientes...

—Se supone que es lo que hay que hacer, ¿no es así? —dijo Juanito, que era el único que se atrevía en esas circunstancias—. Usted habla y nosotros nos callamos. Así se aprende.

—Puede ser. Pero ¿os interesa algo de todo esto?

Podíamos oír a Connor removiéndose en su silla, incluso podíamos escuchar los engranajes de su cerebro preparando una respuesta ingeniosa. Estuvo lento de reflejos, y al final fue ese tal Juan Vélez, el pijo insoportable, el niñato arrogante, quien se adelantó:

—No pasa nada, seño. Quiero decir, Lupe. Tus clases son muy buenas, me gustaron mucho las cosas que dijiste de la *Ilíada*, de la *Odisea*, y lo de *Lisístrata*... Todo muy bien, de verdad. Pero...

«¿Pero?» ¿Ese infame, ese ser indigno del templo de la sabiduría se atrevía a comenzar la siguiente frase con un «pero»?

—... Pero a mí me pasa, y quizá solo sea cosa mía...

Por supuesto que, digas lo que digas, solo será cosa tuya, pedazo de...

—... Me pasa que me da angustia pensar que todavía vamos por la Edad Media, y que ni siquiera...

¿Ni siquiera qué, eh? ¿Ni siquiera te sabes las tres grandes tragedias de Sófocles, merluzo? ¿Ni siquiera conoces el ciclo artúrico?

—... Ni siquiera hemos hablado de nada que se acerque un poco a nuestro tiempo.

Nuestro tiempo. Qué tontería. ¿Eso te enseñaban en el colegio alemán? ¿A despreciar la historia?

—Seguimos una línea cronológica para comprender la influencia de unos autores sobre otros —dijo Lupe, con leve actitud defensiva.

—Seguro que tienes razón, seño, pero echo de menos algo más... auténtico. A mí me gusta leer, siempre he leído mucho...

Eso sí que no me lo creo. ¿Qué vas a leer tú, pasmarote?

—... Y pensaba que con esta asignatura me entrarían más ganas, pero te escucho y no me levanto diciendo «Mira, hoy voy a leer a Esquilo». Sin ofender, seño.

A ella no la ofendes porque es una santa mujer, pero a mí sí me ofendes, cretino. Si no lees a Esquilo es problema tuyo. Desde que me convertí en seguidora de Lupe buscaba en la biblioteca del instituto y en las estanterías de mis padres todos los títulos de los que hablábamos en clase, y los llevaba en la mochila de un lado a otro, como si de pronto fuera a sentarme en el suelo, en una esquina del patio, a leer a Sófocles, a Virgilio, a Horacio... Llevar encima esos libros hacía que me sintiera distinguida, tropa de élite de la comandante Lupe, la infantería avanzada. Lo cierto es que, en el fondo de mi corazón, seguía prefiriendo a

Rowling antes que a Eurípides, y las pocas veces que verdaderamente me atrevía con uno de esos libros me sentía abrumada por el peso de unas palabras supuestamente inmortales que se me morían entre los dedos, como pececitos fuera del agua...

—A ver si lo he entendido —atacó Lupe—. Dices que mis clases te producen angustia...

—Bueno, angustia... Solo era una palabra.

—... Que te producen angustia, y que te gustaría que leyéramos algo más atractivo, más...

—Más interesante.

¡Más interesante! ¡Ja! Una verdadera estupidez, ¿verdad, Lupe? Venga, díselo sin tapujos, mándalo al cuerno, ponle una nota en la agenda y llama a sus padres... Aquí no estamos para leer cosas «interesantes», muchachito, sino para...

—¿Los demás pensáis lo mismo? —preguntó la profesora, oteando la audiencia.

Claro que no. Es cosa de este pirado, no le hagas ni caso. Tengo aquí mi ejemplar de la *Odisea*, y los poemas de Safo, y las fotocopias de Boccaccio. Mi mochila es el bolsito de cuentas de Hermione Granger, en su interior cabe toda la historia de la humanidad.

Los nueve movieron la cabeza afirmativamente. Cobardes. Traidores. Ojalá Zeus os fulmine con un rayo. Ojalá la Esfinge devore vuestras tripas. Ojalá Polifemo os arranque los brazos como si fuera un *wookiee*...

—De acuerdo.

¿Cómo que «De acuerdo?» ¿Qué significa «De acuerdo»?

—Me habéis convencido.
Ay, dioses del Olimpo... Ay, Apolo bendito.
—Os propongo lo siguiente...
Que salten por la borda, es el castigo para los amotinados. ¡Estamos en una tercera planta, será fulminante!
—A partir de la semana próxima reservaremos un día para romper esa línea cronológica tan «angustiosa». Hablaremos de libros que os gusten a vosotros, o mejor hablaremos de lo que queráis, no voy a obligaros a nada. Digamos que esa hora semanal será vuestra, siempre y cuando seáis capaces de llenarla de contenido. Yo me quedo con las tres restantes y os regalo la hora de los viernes, ¿qué os parece?
Me parece el fin.
Me parece la anarquía.
Me parece el horror, el Tártaro al que bajó Ulises, el Infierno de los nueve círculos que imaginó Dante.
Eso me parece.
Pero los demás estaban encantados con la idea.
Incluida Claudia. Mi amiga Claudia. Mi compañera de naufragios.

La nueva era. El primer viernes de la nueva era comenzó de manera errática. Lupe se demoró guardando sus libros y sus papeles, hasta que al cabo levantó la vista, sonrió, hizo un barrido y dijo:
—¿Y bien? Hoy es viernes, ¿no? ¿Cuándo vais a empezar? ¿A qué esperáis?
Todos miramos al suelo, como niños sorprendidos en una trastada. A esto nos había conducido el absur-

do motín, qué desastre. Durante los días anteriores yo misma había estado pensando qué libro podía llevar a clase, cuál sería mi aportación. Tendría que tratarse de algo desconocido para la mayoría, un libro misterioso y atractivo que, a ojos de la profesora, hablara bien de mí, un libro que dijera «Vaya chica tan interesante, tan culta, tan...». Había manejado distintas opciones pero todo me parecía demasiado infantil o demasiado pretencioso, el estante de los libros leídos comenzaba a darme un poco de vergüenza, una vergüenza parecida a la que me producía el ejército de las Nancy; y en el estante de los libros por leer enmohecían esos tomos venerables que mis padres me regalaban como rituales de paso...

—Me lo temía... —dijo Lupe, y en su tono de voz se percibía la decepción, el desencanto.

Silencio. Lupe suspiró, blandió su rotulador agonizante y se dispuso a seguir con el temario, como si fuera un día más, y yo saqué mi cuaderno y me sentí aliviada... Volvamos al *Trecento*, a la *Divina Comedia*. Hasta que ese Juan Vélez, niñato insolente, decidió cambiar el rumbo de nuestro destino.

—Seño, yo no he traído ninguno —dijo el traidor principal, cabecilla de los amotinados—, pero si quieres puedo hablar del libro que más me gusta. Que no es de Dante ni de Homero...

—A ver, ¿a qué libro te refieres?

—*El misterio del príncipe*, aunque debería llamarse *El príncipe mestizo*, *The Half-Blood Prince*, que es el título original en inglés. Lo he leído tantas veces que creo que me lo sé de memoria. Los cuentos de

Boccaccio están muy bien, todo eso de la peste en Florencia y los romances, las infidelidades... Pero no hay nada como la sensación de que las páginas pasan solas, de que te olvidas de tus propias manos y sigues leyendo, la sensación de que se hace tarde y tendrías que apagar la luz pero no puedes evitarlo, y sigues, y lees otro capítulo... Eso no te pasa con Boccaccio...
Oh.
El príncipe mestizo.
Eso ha dicho.
Se ha atrevido a mencionarlo. Citando su verdadero título.
Ese finolis con camisetas Quiksilver.
Ese niño pijo insoportable dice que es un *lector* de Rowling.
Un lector *nocturno*. Una lechuza.
Como yo misma.
Oh.
—Qué envidia, Vélez —dijo Juanito, y le salió del alma—. Te lo digo de verdad, ¿eh? A mí nunca me ha pasado. Lo de leer así, toda la noche. Si me mandaban leer en el colegio, pues leía, igual que aquí. Pero esa cosa que dices... Jo, ni siquiera con *La hormiga Miga*. Cuando era pequeño mi madre me obligaba a leer media hora si quería ver la tele. Se me hacía tan largo...

Nos reímos, y esta vez Lupe no puso mala cara.

—Y eso que *La hormiga Miga* era de los buenos, ¿eh? —continuó—, cortito y entretenido. Luego había otros que...

—Yo sí he traído una cosa —dijo Claudia.

—Bien. Esto se anima. ¿Qué has traído? —preguntó la profesora.
—No es un libro exactamente. Es una canción. Pero tiene que ver con un libro. En el cuarto de mis padres encontré uno muy delgadito, cuarenta o cincuenta páginas, no más.
—Como los de *La hormiga Miga*.
—Ya vale, Juanito.
—*Carta al padre* se titulaba. De Kafka, un escritor importante, ¿no? Creo que aparece en el temario. No es una novela, es justo lo que dice el título: una carta que Kafka le escribe a su padre y en la que suelta todo lo que llevaba dentro desde hace tiempo. Como si hablara con él por primera vez. Me gustó mucho, y también me dio mucha pena. Es triste, te dan ganas de agarrar a Kafka y darle un abrazo, pobre. Una cosa me llevó a la otra, y ese librito me recordó una canción de Cat Stevens que cuenta la historia de un chaval y su padre. Cat Stevens pone las dos voces, el padre dice que ya es hora de que siente la cabeza, que busque un trabajo, una casa, una mujer, el hijo protesta y dice que no aguanta más. El librito también habla de eso, ojalá Kafka hubiera podido escuchar la canción de Cat Stevens, porque creo que cuando te das cuenta de que a otra persona le pasa lo mismo que a ti pues... pues ya no te sientes tan raro, ni tan triste, aunque todo sea igual de chungo y nada cambie...

Claudia pidió permiso para buscar la canción en YouTube y encendió los altavoces del ordenador de la mesa. Todos sentimos un requiebro mientras sonaba ese tema de hace mil años a través del túnel del tiempo. Puede que no fuera el tipo de música que solíamos escuchar, pero era auténtica, tenía gramos de pureza.

—A lo mejor la literatura va de eso —dijo la profesora—. De darte cuenta de que otros pasaron por lo mismo que tú. En una novela. En una canción. También en los cuentos de Boccaccio.

—No, en esos cuentos no —dijo Vélez.

—A ver si consigo convencerte... Boccaccio no escribió el *Decamerón* para que tú lo leyeras setecientos años después. Ni siquiera lo escribió para que nadie de su tiempo lo leyera. Son cuentos para escuchar alrededor de una hoguera y una botella de vino. Ya te conté lo de la peste negra, una epidemia que acabó con casi toda la población de Florencia...

—No me acuerdo muy bien...

—Quizá porque no prestaste atención. A mediados del siglo XIV hubo una epidemia terrible de peste bubónica, una enfermedad mortal para la que no había ningún tratamiento. Los investigadores dicen que provenía de Asia, y que llegó a Europa a través de las primitivas rutas comerciales. No solo era una enfermedad muy contagiosa, sino que sus síntomas eran terribles, los enfermos morían en medio de grandes dolores, fiebres muy altas, hemorragias, pústulas que reventaban con un olor a putrefacción insoportable... Era como si las puertas del infierno se hubieran abierto, un verdadero espanto. La gente de la Edad Media estaba acostumbrada al sufrimiento y a la muerte, pero aquello era demasiado cruel, incluso para ellos. Boccaccio, el autor del *Decamerón*, vivió en Florencia durante los años más duros de la peste, y debió de sentir el mismo miedo que los demás...

—Entonces por qué no se menciona en los cuentos. La peste, digo, si es tan importante, por qué no aparece en ninguno de los que hemos leído —preguntó María.

—Para escapar de ella. Para pensar en otra cosa. Ese es el juego literario. Boccaccio y los suyos veían la muerte muy cerca, estaban asustados y quería aprovechar lo poco que les quedaba de vida divirtiéndose, bailando, amándose. El *Decamerón* es un escudo contra el terror de la peste.

—No todos los cuentos son divertidos —intervino Vélez

—Es verdad, no lo son. Tampoco son todos de amor. Seguro que en tu *Príncipe mestizo* hay momentos terribles, reflexivos o irritantes...

—Hay páginas que dan mucho miedo —se me escapó, y sentí los ojos de Vélez clavados en mí.

—¿Lo has leído? —me preguntó abruptamente.

—Solo un par de veces —confesé, y percibí su mirada recorriéndome como si fuera la primera vez que me veía, y yo tan tensa como si la sombra de un Dementor rondara en torno a mí.

—¿Un par de veces? —preguntó Roberto—. ¿Qué pasa, que leéis los libros más de una vez? Sois muy raros, vosotros. ¿Es eso lo que hacéis por la tarde? ¿Y por las noches? ¿Alguna vez salís de casa, como la gente normal?

—Lo has leído... —repitió Vélez en voz baja.

—Cuando llega la hora del final —continuó Lupe—, o cuando sientes que puede acercarse tu momento, también necesitas historias que eleven el espíritu y te alejen de la miseria terrenal...

—Tengo una pregunta —interrumpió Connor—. Si dices que Boccaccio no escribió ese libro para nosotros, ¿por qué lo leemos?

—¿Quién quiere responder a Connor? —repuso Lupe.

—Yo misma, seño —dijo María—. A ver si me sale: leemos a Boccaccio porque sabemos que escribió algo importante. Y en un momento importante. Aunque, bueno, todos los momentos lo son. Quiero decir, que todo el mundo cree que su época es la más importante de la historia... A lo mejor lo leemos para darnos cuenta de que no somos tan importantes. Creo que me he hecho un lío...

—Un poco, pero no está mal —dijo Lupe—. ¿Alguien más quiere intentarlo?

—Yo, Lupe —dijo Claudia—. Leemos a Boccaccio para conocer el pasado. Es como la arqueología. Como unas ruinas. El *Decamerón* son ruinas medievales, lo leemos para saber cómo vivía ese gente, qué pensaba, qué deseaban...

—Eso iba a decir yo —dijo Juanito—, me lo has quitado de la boca...

Brusco, sonó el timbre del intercambio y todos levantamos la cabeza, sobresaltados. ¿Ya? ¿Tan pronto? La clase se nos había pasado volando...

—No ha estado mal para ser el primer día —dijo Lupe—. Seguiremos el próximo viernes. Os lo habéis ganado. Enhorabuena.

Que se fijara en mí. A la salida, no dejé de sentir la mirada de Vélez sobre mí. *El príncipe mestizo*. Tenía razón ese cretino: en español el libro fue traducido horriblemente como *El misterio del príncipe*, algo que sonaba a novelita intrascendente, cuando cualquier lector de Rowling sabía la importancia que tenía la palabra «mestizo» para la sustancia de la obra. Un *mestizo* era algo parecido a un «sangre sucia», según la división entre magos y *muggles*, un mago nacido de padres no magos, impuros. En concreto, un «mestizo» sería el hijo de un padre *muggle* y una madre bruja, como Severus Snape... Y parecía increíble que Vélez conociera todo eso. Como dije, a veces la rareza no es tanta, a veces la rareza se confunde con otras rarezas, y entonces ya deja de serlo.

Así que Vélez era lector de Rowling... Vaya ojo clínico el mío. Si tuviera que situarlo en algún sitio, lo pondría en la casa Slytherin, con toda seguridad. Deja que explique esto para los no iniciados... En el universo de Rowling, los estudiantes se dividen en cuatro casas, cuatro clubes de alumnos que son, en realidad, cuatro maneras de entender el mundo: Gryffindor (el valor), Hufflepuff (la lealtad), Ravenclaw (la tenacidad) y Slytherin (la ambición). Siempre pensé que yo formaría parte de Ravenclaw, como Cho Chang, o bien de Gryffindor, como Hermione Granger. Claudia y María serían de Hufflepuff, seguro, y Connor podría ser un Slytherin amable, no demasiado antipático. Pero ese tal Juan Vélez, ese pijo insoportable resultaba una auténtica serpiente ambiciosa, no me cabía duda...

Volvimos a coincidir en la clase de Filosofía, después del recreo. Se sentaba un par de filas delante de mí. Había jugado al fútbol en el patio, como hacen los brutos, y había sudado. Pude observar su espalda y su nuca húmeda durante toda la hora, su camiseta Quiksilver empapada. En un momento dado se giró y yo aparté la vista, muerta de la vergüenza, pero no tan rápido como para evitar que se diera cuenta de que lo había estado observando. Fue uno de esos microsegundos en los que tus ojos hacen clic y se conectan con otros ojos, ya sabes a lo que me refiero; esos microsegundos fatídicos en los que te sientes completamente desnuda, como si te hubieran pillado haciendo algo indebido, y notas que tus mejillas comienzan a enrojecer, y entonces es aún peor porque ya no podrás ocultarlo, como si todos pudieran leer tu mente. No me digas que no te ha pasado nunca.

Al darse la vuelta pude ver que en la muñeca derecha llevaba una pulsera de hilos trenzados, como las que regalan las novias a los novios siguiendo un rito muy antiguo, la dama que teje una prenda para su amado... Hilos de color dorado y escarlata. Los colores de la casa Gryffindor.

Vaya. No era un amarillo cualquiera, no era un rojo sin más. Quien hubiera trenzado esa pulsera (quién sería, necesitaba saberlo) se había preocupado de buscar el tono adecuado, el auténtico tono de la casa Gryffindor.

Vaya, vaya.

Juro que fue casualidad que, a la mañana siguiente, decidiera ponerme mi vieja camiseta de Gryffindor. Seguía siendo mi favorita aunque me quedaba pequeña (mi madre me la regaló cuando cumplí doce años), y de verdad que fue pura casualidad que me la pusiera, nada planificado.

Aunque tuviera que revolver el armario para encontrarla.

Aunque sacara toda una montaña de ropa de invierno y al fin diera con ella, debajo de un montón de cosas que ya no usaba.

No es que me la pusiera para que se fijara en mí, por supuesto.

Shakespeare. De lunes a jueves, durante las clases ordinarias, seguimos sacudiéndoles a Dante, a Petrarca y al resto de pájaros de la Edad Media, y enseguida entreabrimos la puerta del Renacimiento para asomarnos a William Shakespeare, que nos aguardaba con las desventuras de los amantes de Verona.

Romeo y Julieta sería la primera obra completa que leeríamos durante el curso, más allá de los fragmentos con los que Lupe nos había alimentado. Estaba deseando lanzarme sobre el texto para airear en voz alta mis objeciones contra esa pamplina del amor indestructible. Sin leer una sola línea, había decidido que *Romeo y Julieta* sería mi saco de boxeo, aprovecharía lo que había aprendido de Petrarca para elevarme como una heroína del nuevo feminismo; ya está bien de esas damas estúpidas, sin voluntad y sin albedrío, qué disparate que una mujer sensata pierda la cabeza por un chaval sin criterio, una mujer que arruina su juventud, que hipoteca su futuro, que rompe con su familia, que... ¡Esa es la esclavitud con la que quieren subyugarnos! ¡Nos ofrecen el caramelo del amor y luego nos encadenan! ¡No lo permitáis, compañeras! ¡Shakespeare era un farsante! ¡Un embaucador!

Esta vez no iba a pasarme lo mismo que en los debates contrafactuales de Nicodemo, levantaría la mano, como Hermione en clase de pociones, y diría lo que pensaba. Se iba a enterar ese Vélez, se iban a enterar todos de la furia que habitaba dentro de mí, me cansé de ser la niñita obediente, no pensaba tragarme el cuento del *verdadero amor* entre el absurdo Romeo y su Julieta debilucha, para nada.

Así funcionan los prejuicios: se instalan dentro de ti como un antivirus, un cortafuegos que impide que se pongan en marcha otras aplicaciones beneficiosas para el sistema. Exactamente así.

Lupe repartió los libros y dijo que cada uno interpretaría un papel, como en un teatrillo improvisado. Connor, Vélez, Claudia, María y Juanito se ofrecieron voluntarios. Vélez estaba deseando ser Romeo, claro, y yo estaba deseando que lo fuera para ver cómo hacía el ridículo. Pero en la obra original Romeo no sale hasta la mitad del primer acto, y su ansiedad hizo que se conformara con Benvolio, el amigo bondadoso del protagonista.

Aunque yo me resistía a leer en voz alta, tuve que interpretar a Abraham a regañadientes, uno de los criados de la casa Montesco que se retan con los siervos de la casa Capuleto nada más empezar la obra, diciendo palabrotas y barbaridades que no encajaban con el modelo del teatro clásico. Nos reímos a carcajadas cuando los criados protagonizaron una especie de pelea de gallos, presumiendo del valor de sus amos y haciendo bromas obscenas, no nos esperábamos un Shakespeare tan bromista y tan crudo.

El texto era muy complicado para nosotros, o bien exagerábamos las voces o bien leíamos las líneas mecánicamente. Lupe nos corregía la entonación, nos animaba a levantarnos de la silla y no le molestaba que nos entrara la risa o que nos interrumpiéramos unos a otros, parecía estar disfrutando de la clase. Fue tan divertido que quisimos continuar al día siguiente. Shakespeare era bárbaro y desconcertante: igual decía salvajadas que lo llenaba todo de metáforas, de hipérboles y paradojas, trucos que usan los poetas cuando no saben decir las cosas a las claras, o cuando quieren presumir de su habilidad, como si sacaran músculo delante del espejo. El príncipe Escala, por ejemplo, hablaba de esa forma retorcida, no había manera de entender una palabra, y lo mismo pasaba cuando por fin apareció Romeo, un galimatías, y más adelante cuando Mercucio larga un monólogo incomprensible sobre la reina Mab y el mundo de los sueños.

Romeo le tocó a Candi, esa chica de campo que apenas abría la boca. Lupe nos había contado que, en tiempos de Shakespeare, las mujeres no podían ser actrices por culpa de lo mismo de siempre, el machismo pegajoso que impide que una dama se pavonee delante de la audiencia... Grrrrr, pensaba yo. Aunque resulte increíble, los ingleses de entonces preferían que los papeles femeninos fueran interpretados por chicos jóvenes con maquillaje y peluca, y ese travestismo les debía de parecer menos pecaminoso que ver a una auténtica mujer en el escenario. Estaban locos, esos ingleses.

Así que había algo de justicia histórica en el hecho de que Candi hiciera de Romeo, invirtiendo los términos, y a todos nos pareció bien (menos a Vélez, que seguía pensando que el papel le pertenecía por derecho divino). Además, resultó que Candi era una actriz formidable, tenía un talento natural asombroso, entonaba con la melodía perfecta, como si de verdad entendiera y sintiera lo que decía, y se metía tanto en el papel que se le saltaban las lágrimas recitando. La pobre se ruborizaba cuando ocurría eso, y nosotros le pedíamos que siguiera, por favor, porque nos encantaba escucharla. Al terminar la clase fuimos a hablar con ella y la felicitamos, le preguntamos que si había pensado dedicarse a eso, que si había actuado antes... Ella no sabía qué contestar, se encogía de hombros y sonreía.

Escuchando leer a Candi, con esa delicadeza y esa armonía no fingida, fue cuando sentí por primera vez la pulsión del teatro.

Y mis prejuicios, claro, se fueron al cuerno.

De pronto amaba a Shakespeare.

Amaba *Romeo y Julieta*.

Y amaba ese amor fatídico, inmortal y definitivo que antes me parecía un engañabobos.

Sepulcro. Seguro que conoces el argumento, igual que yo: Romeo y Julieta son los herederos de dos familias que se odian a muerte, los Montesco y los Capuleto. Se encuentran en una fiesta de disfraces, sin conocer la identidad del otro, coquetean, dicen frases galantes y se besan, y cuando descubren quiénes son ya es demasiado tarde, porque Amor ha tejido sus hilos. Un poco más adelante, en una absurda disputa, Teobaldo mata a Mercucio, amigo de los Montesco. Olvidando su compromiso, Romeo se deja llevar por la ira y acaba con la vida de Teobaldo. Tiene que huir, la ley lo persigue, es condenado al destierro lejos de Verona. Y lejos de Julieta. Desesperada, Julieta recurre a un fraile, sabio en venenos y drogas, para recuperar a su amado. El fraile prepara un bebedizo con el que fingirán la muerte de Julieta, Romeo volverá a escondidas de su destierro, abrirá el sepulcro y se la llevará a un lugar seguro antes de que haya pasado el efecto del narcótico... Ese es el plan, pero las cartas que debían avisar a Romeo llegan con retraso, el héroe desconoce la estratagema del fraile, oye hablar de la muerte de Julieta, piensa que es real, vuelve clandestinamente a Verona, entra en el cementerio, abre la tumba, cree que la dama ha muerto...

Le tocó a María hacer de Julieta. Por aclamación, Candi continuó haciendo el papel de Romeo. Lupe movió unas cuantas sillas e improvisó un escenario imaginado. «Aquí descansa Julieta», dijo. «Por aquí entra Romeo, que trae en sus manos un frasco de veneno». Romeo abre el sepulcro, se sorprende al encontrar el cuerpo de Julieta intacto. La piel ni siquiera está fría, su rostro conserva los colores de la vida..., ¿qué extraño conjuro es este?, se pregunta...

Romeo: Amor mío, esposa mía... La muerte no se ha apoderado aún de tu belleza. Tus labios y tus mejillas siguen rojos... Será aquí donde yo descanse para siempre y sacuda el yugo de esta carne harta de mundo. ¡Brazos, dad un último abrazo! ¡Labios, dad un último beso!

Besa a Julieta con infinita tristeza, y a continuación bebe el veneno. El efecto es fulminante, letal. Justo en ese momento, Julieta despierta del letargo inducido por el narcótico del fraile.

Julieta: ¡Romeo! Mi amor, has venido a buscarme... Pero ¿cómo? ¿Duermes? Tus manos, tus brazos... ¡están rígidos como si la muerte te hubiera alcanzado! Y en tu mano, ¿qué encuentro? ¿Un frasco? ¿Qué es esto? ¡Con veneno has acortado la espera! ¡Avaro, ni siquiera me dejaste una gota para que yo pueda marchar contigo al otro mundo! ¡La tomaré de tus labios! Pero no, no es suficiente... ¡Dulce hierro de la espada, descansa en mi corazón y llévame junto a Romeo!

En cualquier otra circunstancia, leída por cualquier otra persona, la escena nos habría parecido ridícula, exagerada y grotesca... Pero las voces de María y de Candi se derramaban en cada palabra, sentimos cómo se nos encogía el corazón, y se quebraba.
Crac.
Así que esto es el teatro, pensé. Mejor que cualquier novela.

Andén 9 ¾. Mucho tiempo después, leí unas líneas de un escritor muy famoso contando que una noche fue a ver *Hamlet* a un teatro de barrio. Era un sótano con mala iluminación, horribles decorados y actores mediocres, y aun así salió embebido de pasión dramática. Shakespeare, decía, se había abierto paso entre los disfraces y el papel pintarrajeado, porque Shakespeare era mucho más poderoso que aquellas criaturas que, torpemente, le servían de médiums.

Utilizando a María y a Candi como un portal entre dos dimensiones, el divino Shakespeare había vuelto a lograrlo aquella mañana de otoño, en un aula fría de un instituto de secundaria, sin que a nuestro alrededor hubiera nada artístico, ni bello, ni literario; nada, salvo el texto de *Romeo y Julieta*, y la sensibilidad de dos muchachitas que nunca habían leído algo parecido, y que lloraban sin lágrimas.

Cuando terminó la clase me fijé en el rostro de Lupe. Sus facciones habían cambiado, los ángulos se suavizaban, no era la misma mujer que a principios de curso, no había indicios de la Bruja Mala del Oeste. Me sentí muy cerca de ella en ese momento, como me pasaba a veces con Claudia, esa comunión de espíritus, y estuve a punto de hablarle de los libros que yo también transportaba, imitándola.

Pero, claro, no me atreví. Siempre me faltaba lo mismo: atreverme. Levantar la mano y poner palabras a la nube de cómic que salía de mi cabeza. Me pregunto si también le pasaba al noble Cyrano; si se arrepintió de no haber abordado a tiempo a Roxana, de no haberle dicho lo que sentía antes de que ella le hablara de ningún Christian de Neuvillette.

Mientras salíamos del aula, me di cuenta de que Vélez recogía sus cosas apresuradamente y se acercaba a mí. Aproveché que Connor andaba despistado para agarrarme de su brazo y bajar con él las escaleras, fingiendo que me reía exageradamente con alguna de sus bromas. Vélez se detuvo, triste, como si le hubiera lanzado un hechizo *Immobulus*. O como si se despidiera de una chica que acabara de montar en un tren, el silbido de la locomotora anunciando la partida. Un tren que se marchaba de la estación de King´s Cross, andén 9 ¾.

Una peli. Es cierto, fue Claudia quien trajo del mundo de los muertos a Cyrano de Bergerac, pero si no nos hubiéramos sentido tan conmovidos con la escena final de *Romeo y Julieta* nada de eso habría pasado. Quiero decir que ya éramos mentes sensibles gracias a Shakespeare y al talento de nuestras compañeras, y las palabras de Claudia cayeron en terreno abonado.

Ocurrió así:

Viernes, puesta en común de lecturas y neurosis. Las clases habían degenerado un poco, se nos pasaba la hora hablando de pelis, de series, de música, de *fanfics*, de personajes manga o de cualquier ocurrencia. Lupe nos dejaba hablar libremente, como si soltara el hilo de una cometa, cumpliendo el acuerdo al que habíamos llegado, aunque supongo que a veces pensaría que éramos unos críos sin sustancia.

Connor había dejado atrás sus recelos y se esforzaba por protagonizar las conversaciones pero Vélez y Claudia lo mantenían a raya. De vez en cuando, con sutileza, Lupe dirigía la sesión hacia alguno de sus intereses, aprovechaba el librito de Kafka para que conociéramos *La metamorfosis*; o la canción de Cat Stevens para hablarnos de John Lennon, cuyo asesino aseguró que había cometido el crimen siguiendo las instrucciones de una famosa novela, *El guardián entre el centeno*, de J. D. Salinger. Un tipo extraño ese Salinger, huía de las fotos, vivía en una cabaña en el bosque, no quiso saber nada del éxito ni de la fama... Por supuesto, después de probar semejante golosina fui a la biblioteca a pedir prestado un ejemplar de *El guardián*, que leí esa misma noche y que se convertiría en uno de mis libros favoritos. Han pasado los años, y sigue siéndolo.

La estrategia de Lupe era refinada, favorecía que hubiera desorden y confusión, y a partir de ahí introducía los temas, los tópicos, las estructuras y los mecanismos literarios que quería que aprendiéramos. Y también las tentaciones con las que pretendía provocarnos. En cierto sentido, Lupe nos engañaba, y apenas nos dábamos cuenta.

—Ahora te toca a ti, Claudia —dijo—. Cuéntanos algo.

—Ayer mis padres estaban viendo una peli —arrancó Claudia—, y me apeteció quedarme un rato con ellos... Era una peli antigua, de mosqueteros, una peli muy rara en la que todo estaba en verso, como si fuera una obra de teatro, pero no resultaba cargante, al minuto te olvidabas de la rima y la cosa fluía tan natural como las canciones de los musicales... ¿Sabéis a qué me refiero? Como si los versos se deslizaran solos, no sé cómo explicarlo... Y además te reías, ¡te reías mucho!, la peli era muy graciosa. Y también era muy triste... Iba de un tío que tenía una nariz enorme, pero gigantesca, ¿eh?, y que era el mejor poeta de Francia, el más valiente, el más salvaje. No respetaba nada ni a nadie, montaba grandes escándalos. Al principio tiene un duelo con un señorito, y mientras luchan, el *prota* va componiendo un poema para burlarse de él... Luego te enterabas de que estaba enamorado de la dama más bella de todo París, y ya os imagináis, ¿no? ¡Con esa narizota! ¡Pobre! Se llamaba Cyrano. Cyrano de Bergerac.

Lupe dijo que era una de sus películas favoritas, interpretada por un actor que parecía un viejo mamífero, Gérard Depardieu, ¡formidable! Nos contó que el argumento estaba basado en la obra de teatro de un autor neorromántico, Edmond Rostand, y que ese Cyrano de Bergerac existió realmente, así que volvíamos al juego de los quesitos de La vaca que ríe: una peli basada en una obra de teatro, que a su vez se basa en la vida de un tipo que era poeta y que escribió versos que aparecen en la propia película, etcétera. La puesta en abismo, el sueño que contiene un sueño que contiene otro sueño...

—¿Por qué no la leemos? —dijo María, con esa bendita ingenuidad—. Ya sé que no está en el temario, pero podríamos leerla en voz alta, si es tan divertida, igual que hicimos con *Romeo y Julieta*.

—Buena idea. Y podríamos interpretarla —dijo Claudia—. Aquí en clase, para nosotros.

—O en un escenario de verdad —se atrevió Vélez—. Aprendernos el papel y actuar.

—Sí, hombre, como si fuera tan fácil —dijo Roberto—. Aprenderse todo eso... ¡De memoria!

—Además, harían falta un montón de cosas: el vestuario, las luces, las espadas, el decorado...

—¿Espadas? ¿Habría espadas de verdad?

—En mi colegio hacíamos dos obras de teatro al año —dijo Vélez—. *Cuento de Navidad*, antes de las vacaciones, y algún trocito de *Don Juan Tenorio* o de Lope para el final de curso. Todo muy clásico porque los profesores eran un poco carcas, pero a mí me gustaba. Yo me apunto a lo que sea. Venga, ¿quién más? Tú tienes que decir que sí, Candi, eres buenísima, has nacido para esto. Y tú también, María.

—Yo no me subo a un escenario ni loca, qué vergüenza —contestó María—. Una cosa es hacerlo aquí, que somos cuatro gatos, pero delante de todo el mundo... ¡Ja!

—¡Qué te va a dar vergüenza! ¡Aunque sea para los alumnos de bachillerato, nada más!

—¿Los de bachillerato? ¡Peor! ¡Ni de broma! ¡Me da algo!

—¿Y de dónde sacaríamos las cosas? —preguntó Juanito.

—Los decorados los hacemos nosotros —dijo Claudia—. Con papel, como trampantojos.

—¿Trampa qué?

—Trampantojos. Son como... como dibujos que fingen que hay puertas y ventanas, en profundidad. ¿Lo entiendes?

—No.

—Búscalo en Google.

—¿Y el vestuario?

—Mi madre podría encargarse de eso —dijo Artur, de quien apenas conocíamos el tono de voz—. Es costurera. De las buenas. Hace disfraces para el carnaval, disfraces buenísimos. Tiene mucho tiempo libre, lo haría encantada.

—También habría que arreglar el texto —dijo María—. Seguro que es demasiado largo, o demasiado difícil, yo qué sé...

—De eso nos encargamos Velia y yo —dijo Claudia, mirándome—. Voy a tu casa este fin de semana, me llevo la obra original, la leemos y hacemos una adaptación. ¿Sí?

—¿Cómo que hacemos una adaptación? —pregunté, sobresaltada.

—Venga, no puedes negarte, con todos esos libros que lees y las historias que escribes... Luego tú no sales si no quieres.

—Ah, no. El ridículo será para todos o para ninguno... —avisó María.

—Ya te estás animando... —dijo Vélez.

—Lo pienso y me muero de vergüenza, la verdad, pero sería fantástico hacer una obra entre todos...

—Yo me apunto si hago el papel de malo —dijo Connor—. Y si muero en el escenario. Dramáticamente...

—Hum, en la peli no había un *malo,* creo —dijo Claudia—. Bueno, sí, el conde, que estaba enamorado de Roxana y fastidiaba a Cyrano siempre que podía... De Guiche, creo que se llamaba. Podríamos cambiarlo un poco, hacerlo más simple y malvado...

—De Guiche. Me gusta ese nombre. De hecho, a partir de ahora podéis llamarme De Guiche, para ir metiéndome en el papel. Y pondré acento francés.
—No hace falta. Tu acento ya es raro...
—¿Y las espadas? Tiene que haber espadas...
—Se compran. De plástico. Ponemos algo de dinero.
—Me niego a que sean de plástico, tienen que hacer clinc-clanc en el duelo final... Porque habrá un duelo final, ¿no?
—No exactamente, pero eso también podemos arreglarlo.
—Sigue faltando una cosa: el teatro —dijo Roberto—. ¿Dónde vamos a hacerlo? ¿En el patio? Aquí no hay escenario, ni nada parecido. Es un instituto de...
—Sí que lo hay —intervino Lupe, que había guardado silencio durante toda la conversación, consecuente con su estrategia de soltar la cuerda y dejar que nos enredáramos solos—. Me contaron que había un viejo escenario de madera en el gimnasio. Hace años que nadie lo usa, estará desmontado y lleno de telarañas, pero al parecer tenía bambalinas y hasta un arco de luces. Habría que pintarlo, lijarlo... Y habría que poner sillas alrededor... Y sonido, hará falta un buen equipo de sonido... No es el mejor sitio para representar una obra, desde luego, pero...
—Entonces —dijo María—, ¿lo decís en serio? ¿Vamos a hacerlo? ¡Vamos a hacerlo! ¡Qué emocionante!
—Antes tendríais que leer el texto —reflexionó Lupe, devolviendo algo de cordura a la asamblea—, comprenderlo, analizarlo, entender a los personajes...

—Vale. Pues lo leemos —dijo María—. Y nos preguntamos todo eso.
—¿Es muy largo, seño? —preguntó Juanito.
—Como *Romeo y Julieta*, más o menos.
—Yo hago de mosquetero —dijo Roberto, recuperando el entusiasmo—. Un mosquetero que busca pelea, un borracho, un tío de mala vida, un canalla, un golfo...
—¡Hay uno así! ¡Sale justo al principio, es un amigo de Cyrano! —dijo Claudia.
—Perfecto. Para mí.
—¿Y quién hará de Roxana? Yo paso, ¿eh? —preguntó María.
—¡¡¡Candi!!! —dijimos todos, y a la pobre de Candi se la veía cohibida pero encantada con la idea.
—La pregunta importante es... ¿quién hará de Cyrano? ¿Quién será ese tío tan chulo, tan arrogante, tan ingenioso, tan triste y tan enamorado? ¿Quién de vosotros se atrevería a llevar semejante nariz? —preguntó Lupe, y todos miramos automáticamente a Vélez.
—Eh, no me presionéis —dijo—. Es mucha responsabilidad, tengo que pensármelo... Mis padres se van a negar, dicen que tengo que concentrarme en los estudios y que me distraigo y pierdo el tiempo y... Vale, ya lo he pensado. ¡Y acepto!
—¿Y la nariz? —preguntó Roberto—, ¿de dónde la sacamos?
—Se venden narices de látex en las tiendas de disfraces —dijo Artur—. Vienen con una especie de masilla para pegarla, como el maquillaje que usan en el cine.

—Entonces, ¿es definitivo? ¿Vamos a hacer la obra? ¿Con vestuario, decorado, etcétera? ¿Todos de acuerdo?
—¡¡¡Todos!!!
—Uno para todos y...
—Esa frase no es de Cyrano, sino de D'Artagnan.
—Da igual.
—Yo... No quiero ser aguafiestas, pero tengo que pensarlo —dije, rompiendo la euforia...
—Ya lo pienso yo por ti —intervino Claudia, dándome la mano—. Velia también se apunta.
—¡Bravo!
—¡Será fantástico!
—¡Será un éxito!
—Mi muerte sucederá en el momento más importante de la obra, necesito encontrar la manera de...
—¿Y tú qué piensas, Lupe? —me atreví a preguntar, deseando que dijera que aquello era una locura insensata.
—¿Que qué pienso? Que es una idea magnífica —dijo, arrojando agua fría sobre mis expectativas—. No me habría atrevido a proponeros algo así porque conozco el esfuerzo que eso significa, pero ya que ha salido de vosotros... Cuando tenía vuestra edad, hace como mil años, yo quería ser actriz, nunca imaginé que acabaría dando clases en un instituto, soñaba con estudiar en una escuela de arte dramático, y actuar, y rodar películas... Pero al terminar el bachillerato me entró miedo, pensé que para ser actriz hay que tener otra cara..., otro aspecto más... más de actriz. Así que acabé estudiando Filología. Luego hice algunas

obritas en la universidad, cosas de aficionados. Fui Blanche en *Un tranvía llamado deseo*, y Magdalena en *La casa de Bernarda Alba*, y Ruth en *Retorno al hogar*... Los mejores años de mi vida, sin duda... Si estáis seguros, si de verdad vais a pelearlo, quiero que sepáis que podéis contar conmigo, pero va a ser una tarea extenuante que exigirá horas de trabajo y de esfuerzo... Harán falta muchas más cosas que un texto y un escenario. Por ejemplo, dinero para alquilar las luces y el sonido. Voy a intentar sacarle algo al jefe de Estudios, a ver si consigo un poco de financiación, aunque ya sabéis que no es el hombre más simpático del mundo... Sí, claro que vamos a hacerlo. Y lo haremos juntos.

Solo éramos diez alumnos en esa clase, poco más que un contubernio, pero los aplausos y los vítores sonaron como si fuéramos una legión de seis mil hombres. La obra estaba en marcha, nadie podría detenerla. Y la figura de Lupe, a mis ojos, cobraba otra dimensión, otro sentido, se hacía más humana y más pura, la imaginaba vistiéndose y maquillándose para salir a escena, riéndose con sus colegas de reparto, celebrando el estreno en la cantina de la facultad y besándose con Jano; esas parejas que parece que solo existen en las pelis hasta que un día te encuentras con una de ellas fortuitamente, y tu corazón se llena de un sentimiento extraño que tiene algo de deslumbramiento y algo de envidia. Me refiero a esas parejas que se sientan en la terraza de un bar, al mediodía, y adivinas que acaban de levantarse después de una noche de amor y de fiesta, y llevan gafas de sol, como estrellas del rock, y los dos son tan hermosos que al verlos te entran ganas de llorar. Lupe y Jano.

In media res. Cumpliendo lo que había anunciado, Claudia vino a mi casa el sábado por la mañana, prácticamente me sacó de las sábanas. Traía su cuaderno y un ejemplar de la obra que había tomado de la biblioteca. Mientras mi padre nos torturaba con el sonido de la aspiradora, como cada fin de semana, escuché las ideas vibrantes de mi amiga, que no paraba de emborronar esquemas, resúmenes y listas de personajes. Yo había estado leyendo hasta tarde y literalmente me caía de sueño sobre sus papeles; pero ya dije que el entusiasmo de los demás es mi punto débil, así que me dejé arrastrar por la electricidad de Claudia y puse a funcionar mi cerebro junto con el suyo, desmenuzando y tratando de comprender las primeras escenas de aquel *Cyrano de Bergerac* que recién manejaba y que ya leíamos en voz alta, recostadas en mi cama, intercambiando la voz de los personajes. Era agradable tener a Claudia tan cerca de mí, como cuando nos hacíamos trencitas y luego mamá tenía que desenredar el estropicio mientras llorábamos, su piel y sus piernas enredadas en las mías, con esa falta de escrúpulo y de pudor que tienen las niñas pequeñas, aunque se suponía que habíamos dejado de serlo.

La historia del gran Cyrano comenzaba *in media res*, desplegando uno de esos recursos teatrales de los que ya nos había hablado Lupe en clase y que producen cierta confusión. El mecanismo de *in media res* consiste en arrancar la obra haciendo que el espectador sienta que se ha perdido algo, como si hubiera llegado tarde a la función. Los personajes hablan de un asunto interrumpido, y hay que estar muy atento para atar los cabos y comprender lo que ocurre.

Cyrano ama la poesía y el teatro, y desprecia al célebre actor Montfleury, a quien prohibió volver a subirse a un escenario después de una penosa actuación. Esa noche se anuncia el estreno de una nueva obra, con Montfleury como actor principal, todo París se arremolina a las puertas del teatro para comprobar si Cyrano hará algo para impedirlo. Allí están Le Bret y Lignière, dos de sus mejores amigos, y un joven cadete, Christian de Neuvillette, que acaba de ingresar en la academia de los mosqueteros. También acude Roxana, la dama por la que suspira el héroe, y que deslumbra a los asistentes con su belleza. Entre los palcos del teatro remolonea De Guiche, un noble cargado de joyas, adornos y plumas. De Guiche se acerca a Roxana como un baboso...

> De Guiche: ¡Mi bella Roxana! Tan hermosa de día como de noche.
> Roxana: Y vos tan amable, como siempre.
> De Guiche: ¿Recibió mis cartas?
> Roxana: Todas. Pero eran tantas que no pude leerlas.
> De Guiche: Ay, Roxana. Disfrutáis humillándome. La admiración que os profeso...
> Roxana: No sabía que os gustara el teatro.
> De Guiche: ¿El teatro? Ah, sí, me entusiasma.
> Roxana: ¡Será una noche memorable! ¡Una apuesta del valiente Cyrano contra Montfleury!

De Guiche: Montfleury es un buen actor, el público lo adora.
Roxana: Montfleury es un vanidoso, y Cyrano es el defensor de la buena literatura.
De Guiche: Apreciáis demasiado a ese mosquetero.
Roxana: Y vos lo apreciáis demasiado poco.

Mientras tanto, el joven Christian de Neuvillette clava su mirada en Roxana, que acaba ignorando a De Guiche y cuchichea con su nodriza, produciéndose un doble diálogo simultáneo, muy cinematográfico, muy moderno. En el patio de butacas, hablan Christian y Le Bret...

Christian *(a Le Bret)*: ¿Quién es la dama que brilla allí arriba, en el palco?
Le Bret: Su nombre es Magdalena Robin, pero todos la llaman Roxana. Es la flor de París.
Christian: ¿Soltera?
Le Bret: Libre, huérfana, amiga de Cyrano, y perseguida por De Guiche...
Christian: ¿De Guiche? ¿Ese vejestorio? ¡Le lanzaré un desafío!
Le Bret: No te conviene. Es el general de tu regimiento.

Con discreción, Roxana le pregunta a su nodriza...

Roxana: ¿Quién es ese joven, el que está junto a Le Bret?
Nodriza: Déjeme ver... Ah, sí, es un nuevo cadete, recién llegado a la ciudad. Christian de Neuvillette, creo que se llama...
Roxana: Christian...

Nodriza: No es hombre para una dama. Los mosqueteros son borrachos y mujeriegos, gente de mala cuna. Sin embargo, el señor De Guiche parece muy interesado en vos...
Roxana: No me hables de De Guiche, no lo soporto. Es viejo, soberbio y presuntuoso. Me quiere como un trofeo, como quien presume de un caballo o de una sortija.
Nodriza: El buen matrimonio exige sacrificios. El señor De Guiche es una de las primeras fortunas de París...
Roxana: Calla, que ya empieza la obra...

Se oscurecen las luces en la sala, y el teatro se convierte en otro teatro, la vaca contenida en la argolla de la vaca, la obra dentro de la obra, Chuang Tsé soñando con una mariposa que... El público ovaciona la aparición de Montfleury, disfrazado como un papagayo, y el actor agradece los aplausos realizando ridículas reverencias y saludos. A continuación, aclara su voz con toses fingidas e inicia un florido monólogo cargado de tópicos y tropos...

Montfleury: ¡Feliz aquel que, lejos de la corte,
en un lugar solitario,
a sí mismo se impone
destierro voluntario!
¡Feliz aquel que, huyendo de la plebe,
a las orillas del río,
pesca, nada y bebe
siguiendo su albedrío!

El público celebra las palabras del actor con aplausos exagerados, como si quisiera provocar la reacción de Cyrano, si se hallara en la sala. Mientras tanto, Montfleury continúa declamando espantosamente...

Montfleury: ¡Feliz aquel, que al oír el viento
gemir entre las ramas...!

De pronto surge una voz desde la platea, una voz que proviene de un caballero embozado, cubierto por gruesa capa y ancho sombrero, cuyas alas ocultan el rostro. La voz, claro, pertenece al inefable Cyrano.

Cyrano: ¡Desgraciado! ¿Acaso no te había prohibido actuar durante un mes?
Le Bret: ¡Es Cyrano!
Lignière: Te dije que no faltaría.
Christian: ¿Y por qué interrumpe la obra?
Le Bret: Forma parte de su estilo.
Montfleury *(intentando recuperar el tono)*: ¡Feliz aquel, que...!
Cyrano: ¡Payaso! ¡Sal de la escena! Insultas al público con tu presencia.
Montfleury *(atemorizado)*: Feliz aquel que...
Cyrano *(subiendo al escenario)*: ¡Mamarracho! Un mes. Te dije que no actuarías en un mes como castigo por el espanto de tu última función. ¿Tendré que molerte a palos, bola de sebo?
Montfleury: Pero, señor, yo solo soy un humilde actor...

Cyrano: ¡Un actor que no sabe recitar! ¡Un actor que no siente los versos, sino que los escupe como si fueran mocos!
Montfleury: ¡Insultándome a mí, señor, insultáis a Talía!
Cyrano: Si esa musa tuviera el honor de conocerte, puedes estar seguro de que te pegaría una patada en el culo. ¡Como esta!

La bota de Cyrano impacta en el trasero del pobre Montfleury, que se escabulle del escenario. Las risas estallan. Tormenta de carcajadas y silbidos.

De Guiche: Basta, esto es intolerable. Dejad que Montfleury actúe. Hemos pagado para ver la obra.
Cyrano: Actuar es otra cosa. Y la verdadera literatura no se paga, se ofrece.
De Guiche: Bah, palabras vacías. Vos no sois nadie para decidir si Montfleury debe actuar o no.
Cyrano *(descubriéndose)*: Nadie era Ulises en la cueva de Polifemo. Yo, mi señor, no soy tan bien nacido como el noble rey de Ítaca, que derribó las murallas de Ilión con un sencillo caballo de madera... Humildemente, solo soy Cyrano de Bergerac.

El público aplaude enfervorecido. El escenario ya pertenece a Cyrano, es el dueño absoluto.

De Guiche: No sois más que un farsante...
Cyrano: Y una espada libre que no tolera ningún agravio. ¿Queréis comprobarlo?

Cyrano está a punto de sacar la espada para enfrentarse al mismísimo señor De Guiche. Raudo, el prudente Le Bret sube al escenario y trata de apaciguarlo.

Le Bret: Buen amigo, ya demostraste tu valor y tu ingenio. Un duelo con el general De Guiche sería una insensatez, incluso para ti. Te expulsarán del regimiento, en el mejor de los casos, o te encerrarán de por vida en una mazmorra.

Cyrano aparta la mano de la espada, respira y recapacita. De Guiche, reconfortado, lanza una mirada de dominio hacia la bella Roxana. Fin de la escena.

¿Eso es todo? ¿Un cruce de miradas, un par de bromitas, una patada en el culo y unas palabras ofensivas?
Me sentía un poco decepcionada, la verdad. Por una parte, el viejo mamífero me producía simpatía pero por otra me provocaba rechazo tanta bravuconada de machito celoso.

La cosa continúa. Y empeora. Cyrano baja del escenario, a medias entre el triunfo y la derrota, y clava sus ojos en un pobre hombre.

Cyrano *(a un espectador cualquiera)*: ¿Y tú, qué miras, desgraciado? ¿Miras mi nariz?
El espectador: El señor se equivoca, yo no...
Cyrano: ¿Tal vez se balancea como la trompa de un mastodonte? ¿Es ganchuda como el pico de un búho?
El espectador: Yo no he...

Cyrano: ¿Hay una mosca en la punta? Estaría tan lejos de mis ojos que pudiera ser que no la hubiera visto... Decidme, ¿qué tiene de especial mi nariz para que la miréis con tanto interés?
El espectador: He evitado poner mis ojos en ella.
Cyrano: Entonces, ¿la evitáis? ¿Acaso os da asco? ¿Su forma es obscena?
El espectador: ¡De ningún modo!
Cyrano: ¿O es que el señor la encuentra demasiado grande como para exhibirla en público?
El espectador *(atemorizado, temblando)*: ¡En absoluto! La encuentro pequeña, muy pequeña, menuda..., minúscula.
Cyrano (*sujetándolo del cuello*): ¿Cómo dices? ¿Pequeña? ¡Mi nariz es tremenda, es enorme! Debéis saber, mentecato, que una gran nariz es signo de orgullo, de lirismo, de ingenio, de valentía, de gallardía, de distinción, de bondad... De nariz, en definitiva. Voy a darles un aviso a todos los que encuentren algo divertido en el centro de mi cara: el próximo que me ofenda con un gesto o con una mirada no se las verá conmigo... Se las verá con mi espada.

A ver, Cyrano, esto no tiene ningún sentido, escúchame, no soy tu amigo Le Bret, soy Velia, una chiquilla de dieciséis años del nuevo mundo, y quiero decirte algo: tu arrogancia sube y baja de una manera absurda, renunciaste a batirte con De Guiche, bien aconsejado por Le Bret, y ahora buscas bronca con un don nadie... ¿A qué viene todo esto? ¡Te parecerá muy heroico descargar tu ira contra un hombre desar-

mado! ¡Qué deshonor, Cyrano! Puede que yo no sepa mucho de mosqueteros, pero sé bastante de abusones, y tu comportamiento es igual que el de un matón de patio de colegio.
　—Claudia, ¿no te das cuenta?, este tío está haciendo *bullying*... Es el típico chulo que hay en cada clase y que tiene que imponer su ley como sea —repliqué.
　—Cyrano no es el *típico chulo*, todo el mundo se reiría de él si no fuera tan fiero.
　—Claro, la chulería siempre esconde algún complejo, ¿no? ¿Te acuerdas de Rubén, en sexto? ¿Y de ese tío, Adrián, en tercero? Les iba fatal en las notas, y presumían como si fueran futbolistas de moda, con los pelitos de punta y las chaquetitas nuevas, fastidiando a todo el mundo. Yo los odiaba.
　—A mí Cyrano me da lástima —sostuvo Claudia—, tan acomplejado. Es un alma herida. Me identifico un poco con él, la verdad.
　—Qué dices, qué complejo vas a tener tú...
　—El síndrome de Bergerac. Cada día uno nuevo.
　Estábamos muy cerca la una de la otra, arremolinadas en la cama como dos cachorros. La observé con detenimiento. Dios mío, ¿sería posible que sufriera por algún motivo una chica como ella, tan linda, tan esbelta, tan inteligente, una chica por la que suspiraba la mitad del instituto, una auténtica Roxana, esos ojos claros, esa piel de cera, sin imperfecciones, ese pelo trigueño que le caía a mechones sobre la frente, como un dibujo *kawaii*? Si mi amiga Claudia se sentía acomplejada, yo debería salir a la calle con una bolsa de papel en la cabeza.

—Queda lo mejor —dijo—. Ahora aparece un marqués que le planta cara.

—¿Y quién podría hacer el personaje de ese marqués?

—Es un tío bocazas que intenta hacerse el valiente delante de las damas para complacer a De Guiche, y que acaba con el rabo entre las piernas...

—¡Juanito! —dijimos las dos al mismo tiempo.

De Guiche: Es intolerable. ¿Vais a permitir que se marche de esa manera, atropellando a un pobre hombre? ¿Es que nadie va a pararle los pies a este insolente?
Marqués *(apareciendo entre el público)*: ¡Yo lo haré! Caballero, si es que puedo llamaros caballero sin mentir, vos tenéis..., vos tenéis una nariz... Una nariz... ¡muy grande!

La multitud responde con un «oh» de estupefacción, adivinando la tragedia que sobreviene. ¿Cómo se ha atrevido ese petimetre? ¡Es como sacudir un avispero! Pero Cyrano se da la vuelta lentamente y lo mira con calma, arreglándose la capa, como si no le importara.

Cyrano: ¿Cómo decís, excelencia? Ah, sí. Es cierto. Lo de mi nariz, quiero decir. Es grande.
Marqués *(presumiendo ante la audiencia)*: Ja, ahí lo tienen. ¿Lo ven? No era tan valiente como decía. Un fanfarrón de tres al cuarto que necesitaba que alguien lo pusiera en su sitio...
Cyrano: ¿Eso es todo?
Marqués: Eso es todo.

Cyrano: No tan deprisa, jovencito, habéis sido
demasiado breve.
Una nariz como la que yo poseo
no se merece un insulto tan leve.
Si insultarme era su deseo,
bastaba con cambiar el tono.
Deme un minuto... Piensa Cyrano...
¡Ya lo tengo, ya sé cómo!
Agresivo...
«Si yo tuviera ese bulto en mi cara.
haría que me lo amputaran».
¿Qué le parece? ¿Eh? ¿Le gusta? O mejor...
Descriptivo...
«¡Es una roca, un pico, un rayo!
¡Es la cima de una montaña!».
Tal vez curioso...
«¿De qué os sirve esa inmensa castaña?
¿De escritorio o de cornucopia?».
O divertido...
«Amáis a las aves con afecto
sincero pues lleváis en la cara un gallinero».
Podría ser dramático...
«Será el mar Rojo cuando sangre».
O militar...
«¡El objetivo de la caballería!».
Y quizá pedante...
«¿Será un tritón hermafrodita?».
Ingenuo...
«¿El monumento cuándo se visita?».
Hay mil variantes, como puede observarse,
y poco más o menos eso habríais dicho

si un poco más de ingenio y letras tuvierais.
Queríais un bonito desenlace
y ni siquiera llegasteis al nudo,
pues al parecer en la cuna
poco ingenio recibisteis,
y en cuanto a letras, solo siete,
que forman la palabra «cornudo».

—¡Qué bárbaro!
—¿Te gusta?
—Me encanta —dije—, es tan rápido de mente, tan brillante...
—Luego se baten en duelo y Cyrano improvisa un poema que culmina con la estocada definitiva en el último verso...
—Hay algo que no termino de entender...
—¡Dime!
—No te ofendas, me gusta mucho, pero la obra trata de un tío que va de chulo por la vida, humillando a la gente y haciendo lo que le viene en gana...
—Era lo propio de la época...
—Y luego hay una dama bellísima, inalcanzable, un ser de luz al que todos adoran pero que no puede amar a quien le dé la gana... ¿No te parece un poco machista?
—Si el mundo del siglo xix era así de machista, ¿cómo no iba a serlo el argumento de una obra de...?
—Pero no la representaremos para el público del siglo xix, sino para el de hoy —dije.
—¡Entonces te animas! ¡Es verdad que vamos a reescribirla y a representarla!
—¡No me líes! ¡Yo no sé nada de teatro, Claudia!

—Eres la chica más lista que conozco, mira tu cuarto, ¡está lleno de libros! ¡Tienes cientos de historias en tu cabeza, y da igual que sean novelas o sean obras de teatro, el funcionamiento es el mismo!

—Eso no lo tengo tan claro —dije, sinceramente halagada.

—¡Yo sí! ¡Se trata de que la gente quiera saber lo que pasará en la siguiente escena! ¡Y de que se rían, que se emocionen, si es posible, y que piensen un poco!

—Vale, pues yo pienso que el planteamiento de *Cyrano*, así para empezar, es machista. Y como espectadora me resultaría fastidioso...

—También te parecía machista *Romeo y Julieta*, y luego babeabas...

—Yo no babeo...

—Babeabas, ¡estoy loca de amor!, decían tus ojitos... ¡Yo quiero un novio como Romeo! O como Vélez...

—¡Claudia!

—Estáis hechos el uno para el otro, «los amantes de Gryffindor».

—¿Qué dices? ¡No podemos ser más diferentes!

—Montesco y Capuleto...

—¡Calla! ¡No digas eso!

—Ayer no dejaba de mirarte...

—Te miraría a ti, que te sientas a mi lado.

—No lo creo...

—Yo no tengo nada que nadie quiera mirar...

—¡Otra víctima del síndrome! ¡Podríamos hacer un grupo de apoyo!

—¡No me refiero a eso, sino a que...! ¡Bah, déjalo! Volvamos a la obra. A ver, se trata de escribir un guion adaptado, ¿no? Pues venga, a escribir, antes de que me arrepienta. Habría que hacer algunos cambios, añadir nuevos personajes...

—¿Nuevos personajes? No puedes cargarte la obra entera, Velia. Te guste o no, se trata de un triángulo amoroso: una dama y dos mosqueteros, la bella Roxana, el guapo Christian y el feo Cyrano... ¿Qué personajes faltan?

—Una mosquetera, por ejemplo.

—¿Una mosquetera?

—Una especie de guardaespaldas de Roxana.

—Eso me gusta.

—Una mujer que... que fue adiestrada por su padre para que aprendiera a defenderse en un mundo de hombres...

—Puede ser...

—Su padre era soldado... Del regimiento de los cadetes. El mismo que el de Cyrano. De hecho, fueron compañeros de armas. Luchó a las órdenes de De Guiche...

—¡Magnífico! ¿Y cómo se llama?

—¿Rosalina?

—Rosalina... ¡Rosalina Rosignon! Me encanta...

—Rosalina llevará las cartas de un lado a otro... Porque habrá cartas entre los amantes, ¿no?

—¡Muchas cartas! ¡Cyrano las escribe y Christian las hace pasar como si fueran suyas!

—Perfecto, Rosalina será la encargada de entregar esas cartas, y en cierta ocasión se encontrará con el mosquetero bromista, ¿Lignot?

—¡Lignière!

—Eso, se encuentran y tienen una discusión. Lignière quiere saber quién envía esas cartas, y Rosalina se batirá en duelo para defender el honor de Roxana, y lo desarmará a la primera embestida...

—Guau... ¡Encaja con el espíritu de la obra! ¿Quién hará de Rosalina?

—Es evidente...

—¿Evidente?

—Tienes que ser tú —dije.

—Venga ya...

—Mírate, encajas perfectamente en el papel...

—¡Pero tú te has inventado el personaje! ¡El mejor personaje! ¡Te pertenece!

—¡Rosalina Rosignon dice las cosas con seguridad! A mí no me saldrían las palabras... Ni la voz.

—¿Y tendré que utilizar la espada?

—Una de esas que hacen clinc-clanc, como dice Connor...

—Pero, Velia, ¿de verdad crees que podemos hacerlo? Me refiero a montar la obra, ensayarla, representarla... ¿No es una locura?

—Lo es. Pero de pronto me parece una locura muy sensata.

Nos abrazamos, compartiendo la energía del entusiasmo, el contagio.

—Llama a tu casa y di que te quedas a comer con nosotros, tenemos mucho trabajo por delante. Los sábados mi padre suele hacer lasaña.

—Lasaña...

—¡Únicamente cuando terminemos las primeras escenas!

Estuvimos trabajando durante horas, escribiendo, reescribiendo y volviendo a escribir los diálogos. Los pasamos a limpio, los tecleamos y los imprimimos. Mis padres estaban intrigados, «Pero ¿qué estáis haciendo ahí arriba?», preguntaban. «Es un secreto», les decíamos. Ya casi era de noche cuando leímos el resultado, arrebujadas en las sábanas. Eran tantos personajes que resultaba confuso leerlo solo con dos voces. Estábamos deseando que llegara el lunes para enseñárselo a los demás, se quedarían asombrados. Claudia creó un grupo de mensajería con los diez alumnos de LUN, incluidos Artur, Candi y Vélez, a los que solo veíamos en clase y a quienes apenas conocíamos, y les dijo que nos reuniéramos el lunes en la pradera, durante el recreo. La confabulación había comenzado.

Volví a leer el texto, a solas. Era ágil y divertido, ya ni siquiera me caía tan mal el inmenso Cyrano, comenzaba a comprender su dolor y su arrogancia, y me gustaba mucho el personaje de Rosalina. Cerraba los ojos y seguía teniendo la cabeza llena de palabras e ideas, como si todos esos personajes fueran miniaturas que continuaban discutiendo en mi interior, retándose, halagándose y recitando sus versos en la bóveda de mi cráneo, su anfiteatro. Quizá, pensé, esta sea la única manera de soportarse a uno mismo las veinticuatro horas del día, los siete días de la semana: creando a otro que habite dentro de ti. Como hacen los locos. O los niños con sus amigos imaginarios.

Como un valiente.
—Bueno, ¿qué queréis? —preguntó Roberto.
—Sí, ¿a qué viene esto? —insistió Connor.
—Íbamos a jugar al fútbol, ¿va a ser muy largo? —añadió Vélez, provocando en mí un acceso de cólera. Ese niñato prefería el odioso fútbol a la gloria de la literatura, y lo decía así, con descaro, después de que Claudia y yo hubiéramos trabajado durante horas en el guion...
—Si tienes tanta prisa —dije—, mejor te vas. No te necesitamos para nada. —Y mis palabras sonaron durísimas, como si de manera inconsciente imitara esos arrebatos de Lupe, cuando le sobrevenía la Bruja Mala del Oeste y nos llovían broncas inmotivadas.

A Vélez se le cambió la cara, debió de sentirse herido en su orgullo de chico de colegio alemán, y se levantó para marcharse, mirándome con rencor. Claudia intervino:

—¡Espera! Velia no quería decir eso, ¿verdad que no? Lo que pasa es que hemos estado currando todo el fin de semana y... Venga, en serio, tenéis que leer el guion.

A regañadientes, Vélez volvió a sentarse en el césped. Le di la espalda y me dirigí a los demás, como si no existiera.

—Hemos... —comencé a decir—, hemos cambiado algunas cosas... Por ejemplo, en la obra original, más o menos hacia la mitad, la compañía de gascones marcha a la guerra, y allí muere Christian después de descubrir que Cyrano seguía enviándole cartas de amor a Roxana. Pero eso sería demasiado complicado de representar, así que...

—¡Una guerra! ¿Contra los españoles? ¿La guerra de los Treinta Años? —preguntó Connor.

—Puede ser, tú eres el cerebro enciclopédico, Connor. De Guiche es el mariscal del ejército francés y...

—¡Moriré en combate!

—No, ya he dicho que hemos quitado esa parte...

—¿Y por qué habéis hecho eso? —preguntó Roberto.

—A ver, centrémonos —intervino Claudia—, ¿de dónde íbamos a sacar las trincheras, los mosquetes, las explosiones?

—En la obra de Rostand, Christian muere en el frente y Roxana se queda desolada. Luego pasan treinta años y a Cyrano le tiran una viga a la cabeza... Sí, es una muerte un poco rara... Por eso hemos pensado que sería mejor que nos olvidáramos de la guerra y que Christian muera en las calles de París, defendiendo a Cyrano, al que De Guiche tiende una emboscada... Así podríamos llegar a una escena culminante en la que Cyrano quiere vengar a Christian, reta a De Guiche y...

—¡Y ahí es donde yo muero!

—Exacto, Connor —dijo Claudia.

—¡Batiéndome como un valiente!

—Para añadir más carga dramática... —continué.

—¿Más qué? —preguntó Artur.

—Más emoción —dijo Claudia.

—... Cyrano podría morir en esa misma escena, asesinado por De Guiche...

—¡De una puñalada por la espalda, cuando estoy agonizando! —dijo Connor.

—Puede ser, a traición —concedí—, y después llega Roxana, descubre que el autor de las cartas no era Christian, sino Cyrano, habla con Rosalina, que conoce toda la historia, y...

—Me he perdido. ¿Quién es Rosalina? —preguntó Candi—. ¿La nodriza?

—Rosalina es un nuevo personaje. No aparecía en la obra original. Es una mosquetera que protege...

—¿Una mosquetera? —dijo Roberto—, ¿en esa época? ¿Mujer y mosquetera? Venga ya, no puede ser...

—En *esta* época —corregí—, la obra la representaremos en el presente. ¿O tienes una máquina del tiempo en la mochila?

—Se sitúa en el pasado. No es verosímil.

—Y las hipótesis de Nicodemo si te lo parecen...

—No es negociable: Rosalina será una mosquetera al servicio de Roxana que tendrá un lío con Lignière...

—¿El borracho? —preguntó Roberto.

—Sí, un amigo de Cyrano.

—O sea, mi personaje. ¿Y quién hará de Rosalina?

—Yo misma —dijo Claudia.

—Entonces, a ver si me aclaro, me estás diciendo que tú y yo... —dijo Roberto con cierta malicia, provocando la risa de los demás—. ¿Y habrá beso?

—Ni en tus mejores sueños, colega.

—Creo que un beso entre mosqueteros añadiría más... ¿Cómo lo habéis llamado? Más carga dramática.

—Lee mis labios: ni-de-bro-ma.

—Al público le gustan los besos. No es que yo quiera besarte, Claudia... Es por el espectáculo...

—Déjalo.
—No me entero de nada. ¿Todo el mundo tiene ya su personaje? —preguntó María—. ¿Cómo queda el reparto?
—He hecho una lista —dije—, no sé qué os parece.
De Guiche - Connor
Cyrano - Vélez
Lignière - Roberto
Le Bret - Tomás
Christian - Artur
Roxana - Candi
Montfleury - María
Rosalina - Claudia
Marqués impertinente - Juanito
—*Dramatis personae.*
—¿Cómo?
—No empecéis con el latín, por favor...
—No es latín. Bueno, sí lo es.
—Y creo que eso es todo —concluí.
—Ya. Y tú no haces ningún personaje, ¿no? —dijo Vélez, revisando la lista—. Muy astuta, nos liaste a los demás y te saliste con la tuya...
—Es que no queda ninguno, está todo repartido...
—No es verdad —dijo María, traicionándome de la manera más horrible—. Si yo hago de Montfleury, ¿quién hace de nodriza?
—Bueno, la nodriza es un personaje poco importante que... Podríamos suprimirlo.
—¡Ah, no! ¡Uno para todos y...! —dijo Connor.
—¡Que eso es de D'Artagnan! —dije—, siempre lo mezclas todo...

—Connor tiene razón —dijo Vélez—. O todos o ninguno. Si tú no participas, yo tampoco —amenazó—, y tendréis que buscaros a otro idiota que se ponga una nariz postiza.
—Pe... pero... yo no... —balbuceé—. Yo he escrito el guion, es mi manera de participar...
—O todos o ninguno —repitió, mirándome desafiante.
—No puedo...
—Entonces no contéis conmigo.
—Tienes que hacerlo, Velia —dijo Connor.
—No puedes negarte —añadió María.
Sonó el timbre que marcaba el fin del recreo. Claudia intervino, conciliadora:
—Dejad que decida ella misma, no la presionéis. Yo os envío el guion y mañana nos vemos aquí para leer la primera escena.

Vergüenza. La cara de Juan Vélez-Slytherin se me aparecía cuando cerraba los ojos, repitiendo «O todos o ninguno», y señalándome con el dedo como si me arrinconara contra la pared... Lo más sensato sería cruzarme de brazos y decir «Pues ninguno, no podéis obligarme...», mucho más sensato que exponerme a la vergüenza y al escarnio, no sería capaz de subirme a un escenario y sentir que me miraban decenas de personas, esperando a que metiera la pata para reírse de mí... Me encantaba el texto que habíamos escrito Claudia y yo, la obra original era fabulosa y aquella adaptación parecía fácil, chispeante, creíble. Me imaginaba el escenario, los actores y las actrices, los gestos, la manera de decir las frases... Esa posibilidad de que las palabras se convirtieran en algo tan concreto, tan de carne y hueso, era un atributo exclusivo del teatro. Cuando leías una novela, la historia quedaba contenida en el libro, pero el teatro tenía poderes interdimensionales, era capaz de crear un mundo a partir de la nada, como un conjuro de hechicería...

Y además, había otro factor, no tan etéreo, y ese factor era Lupe, que estaba dispuesta a implicarse y a pelear con la jefatura para sacar adelante la obra. ¿Cómo podría decirle que, por una niñería, por un ataque de timidez, nuestro *Cyrano* había muerto antes de nacer? ¿No sería aún peor? ¿Todos mirándome en el aula cuando Lupe nos preguntara si ya habíamos empezado a leer el texto? ¿Hacia dónde echaría a correr, debajo de qué baldosa podría esconderme?

Estaba en una encrucijada, como Edipo cuando se encuentra con Layo en un cruce de caminos, sin saber que ese hombre malhumorado es su verdadero padre, y que el infortunio anda detrás de él y que... A diferencia de Edipo, yo sabía que los dos caminos conducirían al desastre.

El desastre de decirle a Lupe que no me atrevía.

Y el desastre de hacer el ridículo delante de todos.

La apuesta o la amenaza. Al día siguiente no faltó nadie en la pradera. Habían recibido el guion que había enviado Claudia y estaban deseando decir alguna cosa acerca de sus personajes. Con esa voz de tío de cuarenta años, Vélez se impuso a los demás y dijo:

—Antes que nada tenemos que saber si seguimos adelante o no. Velia, ¿qué vas a hacer? ¿Ya lo pensaste? ¿O nos vas a tener en vilo durante mucho tiempo para hacerte la interesante?

Vélez odioso. Las nueve cabezas se giraron hacia mí, y parecían nueve mil cabezas con nueve mil pares de ojos cada una...

—Yo no... no... —comencé a tartamudear.

—Me lo temía —atajó Vélez—, eres incapaz de implicarte en nada.

—¡Déjame hablar! —grité—. Crees que es así de fácil, ¿no? Te apuntas y ya está. No todos somos como tú, no todos tenemos el espíritu de Cyrano metido en las venas...

—Te lo tomas demasiado en serio —dijo Vélez—, solo es un juego.

—Quizá ahí está el problema: a lo mejor eres tú el que no es capaz de implicarse porque piensas que todo es un juego.

—¿Me estás poniendo a prueba?

—No te pongo a prueba, solo te digo que...

—Lo acepto. La prueba. O la apuesta o la amenaza, lo que quieras.

—¿Qué apuesta?

—Te apuesto a que soy capaz de tomármelo más en serio que tú. De venir a los ensayos. De ser el primero que se aprenda el papel. Y te lo voy a demostrar hoy mismo... ¿Qué nos jugamos?

—No quiero jugarme nada...

—Pero ¿vas a participar en la obra o no?

—Sí —dije en voz muy baja, casi inaudible.

—¿Cómo?

—¡Sí! —repetí.

Y la ovación y los vítores de mis nueve colegas hicieron que quisiera meter la cabeza dentro de un agujero.

—Hay un problema en el guion... —dijo Juanito cuando se aplacó el revuelo.

—¿Qué problema? —preguntó Claudia.

—Que yo solo tengo dos líneas, ese es el problema. Digo lo de «Vos tenéis una nariz muy grande», y luego lo de «Un fanfarrón de tres al cuarto», y entonces Cyrano me da una paliza, y ya está, no salgo más... Es injusto. Es *discriminal*.

—Discriminatorio.

—Lo que sea.

—Yo tampoco salgo mucho, la verdad —dijo María—. Repito muchas veces «¡Feliz aquel que...!», digo algo de Talía, que no sé quién es, y me dan una patada en el culo... Literal.

—Pero ¿no decías que te morías de la vergüenza? Mejor un papel corto, ¿no?

—Talía es la musa del teatro —intervino Connor.

—Pero... ¡tan corto! ¡Qué pena! ¡Ya que lo intento...!

—A ver —intervine para poner orden—, el guion solo es un borrador de la primera parte, hay muchas cosas que pueden cambiar. Deberíamos discutir y tomar notas para...

—Vale, apunta ahí: yo quiero salir más —dijo Juanito.

—Y yo te cambio a Montfleury por tu nodriza —dijo María.

—Eso no. Con Montfleury no me atrevo —contesté—. Soy demasiado antipática para eso. Mejor me quedo con la nodriza.

—Que siempre está protestando y riñendo, por supuesto... —dijo Vélez, desafiante.

—¿Qué pasa, que hay que parecerse al personaje para interpretarlo? Pues menudos actores... —se burló Tomás.

—Mi personaje es un golfo y un borracho... ¿Estáis insinuando algo? —bromeó Roberto.

—Pura casualidad —dijo su colega Tomás.

—Un poco de orden —intervino Claudia—, tenemos que tomar decisiones consensuadas.

—Yo decido por consenso —insistió Juanito— que mi personaje tiene que volver a salir.

—Puede arreglarse. Digamos que, después de ser humillado por Cyrano, el marqués conspira con De Guiche para darle un escarmiento, y en la escaramuza, por accidente, matan a Christian, el guapo.

—Gracias —dijo Artur, y todos nos reímos.

—Entonces, ¿salgo en la segunda parte o no?

—Sí —dije—, sales enmascarado, hablas con De Guiche y vuelves a pelear.

—Genial. Pero eso no aparece en el texto.

—Tengo que escribirlo.

—¿Y qué pasa conmigo? —preguntó María—, ya que voy a hacer el payaso...

—No eres un payaso, eres un actor muy querido por el público...

—Al que Cyrano da una patada en el culo...

—Sí, eso también.

—Podemos hacer que vuelvas a aparecer... por ejemplo... —improvisé—, ¡en el funeral de Christian, recitando una elegía!

—¿Christian tiene un funeral?

—¿Una qué?

—Una elegía, un poema fúnebre, de despedida. Así el personaje tendría una parte cómica y una parte trágica.

—Eso está bien —concedió María.

—Es importante —dijo Claudia— que vayáis estudiando un poco...

—Lo que me faltaba —bromeó Roberto—, no estudio para las asignaturas y tengo que ponerme con esta cosa...

—Si no quieres quedarte en blanco delante de todos...

—Tranquila, tengo una superbase de datos aquí arriba.

—Yo me sé una parte —dijo Vélez, sorprendiéndonos a todos.

—¿Ya?

—Cuando Cyrano habla con Le Bret..., me gusta mucho. ¿Te sabes lo tuyo, Tomás?

—Ni lo he mirado...

—Búscalo. Es a partir de aquí... Página nueve. Lee tus líneas en voz alta y así me das el pie.

—¿El pie? ¿Qué pie?

—En el teatro, «dar el pie» significa leer las líneas que vienen antes de las de un compañero, para ayudarlo a ensayar.

Le Bret: Mi buen amigo, necesitas un mecenas que contrate tu pluma...
Cyrano: ¿Cómo dices, Le Bret?
>¿Buscarme un amo, un protector?
>¿Trepar en lugar de caminar?
>¿Arrastrarme por el suelo,
>lamer la mano que me alimenta?
>No, gracias.
>¿Sonreír, decir cumplidos?
>¿Agradar a todos sin ofender a nadie?
>¿Disfrazarme de bufón
>para hacer reír a un ministro?
>¿Pagar a un editor
>para que publique mis versos?
>No, gracias.
>En cambio, cantar, reír, ser libre,
>no pensar ni en el dinero ni en la fama.
>Leer y soñar hasta la aurora,
>dedicar versos a quien no me ama.
>No, amigo mío, yo no tengo protector,
>pero tengo protectora.

Lo dijo de una vez, sin mirar el folio, la mirada suspendida en las ramas de los árboles, y con tanta emoción y tanta calma que nos dejó con el corazón en un puño. Vaya con Vélez.
—Virgen santa.
—Increíble.
—Qué tío.
—Tú esto ya lo has hecho antes...
—¿De dónde has sacado esa manera de... de...?

—¿Y te lo has aprendido de memoria? ¿En una tarde?

—¡Nos vas a dejar en ridículo a los demás!

—No es tan difícil... Se trata de... —dijo Vélez.

—Claro que no es difícil —atajó Connor, sinceramente molesto de que Vélez acaparase tanto protagonismo—. Mañana mismo tendré a De Guiche aquí dentro —dijo, dándose golpecitos en la sien.

—Habrá que verlo —le retó Vélez, con chulería.

—He dicho «Mañana mismo». De Guiche siempre cumple su palabra.

—¡Bravo! ¡Ya os estáis metiendo en el papel! —dijo Claudia, justo cuando sonaba el timbre—. ¡Mañana nos vemos a la misma hora! ¡En la pradera! ¡Con los textos!

—¡Duelo de gallos! —dijo Roberto.

—Connor contra Juan Vélez, próximamente en sus pantallas —se burló Tomás.

—Suena a pelea mexicana, ¡ándale güey...!

—Tenemos que hablar de las espadas...

—Nada de plástico, ¿eh?

—Hay una tienda *on line* donde venden réplicas de armas antiguas...

—Esperad, antes de marcharnos quería enseñaros una cosa —dijo Artur—. Se lo conté todo a mi madre, estuvimos viendo la peli este fin de semana, y se puso a dibujar esto.

Nos mostró un cuaderno pequeño, tamaño cuartilla, lleno de dibujos a carboncillo, trazados con precisión y delicadeza. Había damas, mosqueteros, sirvientes y nobles, con increíbles detalles de vestuario, las hebillas, los puños, la botonadura, los largos cuellos engolados...

—Este sería el de Cyrano, lleva una capa para embozarse en la primera escena... Creo que puede servir.

—¿Que puede servir, Artur? ¡Tu madre es una maestra! ¡Si el vestuario acaba pareciéndose a esto, ya da igual que nos sepamos el papel o no! ¡Qué maravilla!

—La mano de obra corre por su cuenta, pero habría que comprar las telas, los botones y todo eso. Y tomaros medidas.

—Artur, dile a tu madre que la adoramos desde el día de hoy.

—Chicos —añadió Claudia como despedida—, entonces ya es oficial: somos una compañía de teatro. Tenemos texto, tenemos actores, tenemos diseño de vestuario. Y vamos a estrenar nuestra primera obra, sin tener ni idea de teatro.

—¿Y cómo nos llamamos? Las compañías tienen un nombre, ¿no? —preguntó María.

—Déjame pensar....

—Seremos la Hermandad de la Sagrada Nariz —dijo Connor.

—¡Me encanta! ¡Como una cofradía!

—¡O como una secta! ¡De esas que salen en las noticias porque se han suicidado con cianuro!

—¡Es perfecto!

—¡La Sagrada Nariz!

Sus propias normas. Como cualquier club privado, la Hermandad de la Sagrada Nariz tenía sus propias normas. Unas normas que, por supuesto, había redactado

Connor en un documento delirante que quiso leernos en voz alta, haciendo grandes aspavientos. Es cierto que Vélez nos había sorprendido con su capacidad de memoria y su pronunciación, pero nuestro amigo Connor albergaba dentro de sí a un actor de la escuela británica, un histrión, un payaso y un loco adorable...

—Escuchadme todos —dijo, con esa voz escandalosa que tenía—, el día de hoy será recordado durante mucho tiempo como... ¡el día de la fundación asamblearia de la Hermandad de la Sagrada Nariz! ¡*Urbi et orbi,* colegas!

Aplausos y silbidos. Roberto y Tomás se desternillaban.

—Como maestro de ceremonias, tengo el honor de leeros el manifiesto fundacional. Primero: «Los hermanos de esta congregación creemos firmemente que la nariz es un regalo enviado por los dioses. Declaramos que la nariz no entiende de géneros ni de razas, todos los humanoides tienen nariz, y solo la nariz nos hace humanos».

Nuevos aplausos.

—Segundo: «Todas las narices serán bienvenidas en nuestra comunidad, narices chatas, aguileñas, respingonas, narices de duende, con forma de hoja de árbol, con forma de fresa, de aguacate...».

Más aplausos y bromas sobre la nariz de aguacate.

—Tercero: «Aquellos individuos que hayan recibido el don de poseer una buena nariz serán considerados como enviados de los dioses, y tendrán privilegios y derechos especiales. Rendiremos culto a Cyrano de Bergerac, nuestro Gran Maestre».

Más adelante, y provocando un *crossover* de locos, elegimos a Voldemort como némesis de Cyrano, siguiendo una propuesta de Vélez que contó con mi aprobación. Voldemort sería el villano al que odiar y temer, y no porque fuera un hechicero maligno y ultrapoderoso, sino porque, simplemente, no tenía nariz alguna.

Como un orate, Connor continuó predicando:

—Cuarto: «Los miembros de la Hermandad de la Sagrada Nariz se comprometen a participar en la obra de teatro que servirá de homenaje al Gran Maestre. Del mismo modo, se comprometen a memorizar su parte correspondiente y a acudir a los ensayos. Faltar a este compromiso se castigará con el deshonor. Rectifico: se castigará con la muerte».

Silbidos de protesta.

—Quinto: «Los hermanos de la Sagrada Nariz manifiestan que...»

—¡Para ya, Connor! ¡No te pases! —dijo María.

—Solo son diecisiete puntos... —contestó.

—Yo me voy a jugar al fútbol —dijo Roberto.

—¡No, lo dejamos en esos cuatro, que son los principales! ¡Ahora hay que firmar el compromiso!

—¿Y cómo vamos a hacerlo? —preguntó Artur.

—¡Con sangre! Nos haremos un pequeño corte con la punta de estas tijeras y juntaremos...

—Estás loco, Connor.

—Ni de broma.

—Con saliva entonces —concedió como si fuera una vulgar deferencia—. Nos escupiremos en la palma de la mano y...

—¡Qué asco!
—¡Yo no pienso hacerlo!
—¡Por ahí no paso!
—¡Pues de alguna manera hay que comprometerse! —protestó Connor, que estas cosas se las tomaba tan a pecho como los personajes de las series que solía ver—. Al menos, un saludo de nariz... Como los esquimales...
—Eso no me parece mal —dijo Vélez.

Sorprendentemente los demás estuvieron de acuerdo; y yo, aterrorizada. No es que no me guste el contacto físico, no es eso; con mis padres, con mi familia y con mis amigas puedo ser muy cariñosa, pero esa exhibición, esa carnalidad tan exagerada... Uf. Connor fue tomándonos por los hombros y frotando su nariz contra las nuestras, provocando las carcajadas de Tomás, de Juanito y de Roberto, que le advertían de que no se sobrepasara con ellos, y también el rubor de Candi y Artur, con quienes no teníamos tanta confianza como para montar esos raros espectáculos tan típicamente Connor. Fuimos frotándonos las narices unos y otros, y reconozco que era divertido, como si estuviéramos en un campamento jugando al huevo y la cuchara.

Hasta que me vi enfrente de Vélez, y quise que me tragara la tierra. Se acercó a mí, decidido, pero se detuvo antes de que nuestras narices entraran en contacto, y luego comenzó a aproximarse lentamente, girando un poco la cabeza. Las puntas se rozaron, y sentí un escalofrío recorriéndome la espalda, como la picadura de una medusa.

Interpretado por robots. Mantuvimos el secreto y no le dijimos a Lupe ni una sola palabra, pensábamos sorprenderla el viernes con una lectura dramatizada de las primeras escenas. No todos se sabían el papel, claro, era imposible que Roberto y Tomás memorizaran su parte en apenas un par de días, pero la cosa no pintaba mal, incluso pensé que sería capaz de decir mis propias frases de una manera audible...

Hicimos un círculo con las sillas y nos distribuimos alrededor del simbólico escenario.

—Velia tiene algo que contarte —dijo Connor.

—¿Yo? —pregunté, y todos asintieron.

—¿De qué se trata, Velia? ¿A qué viene esto? —preguntó Lupe.

—Vamos, díselo.

—Verás, esta semana hemos estado dándole vueltas a la idea de hacer la obra de teatro y... —comencé a decir, errática.

—Velia ha preparado una adaptación de la primera parte. Y es buenísima —dijo Claudia.

—Lo hicimos juntas —repuse.

—No seas modesta, casi todo lo hiciste tú... Velia ha unido algunas piezas, ha añadido personajes y... Vaya, creo que le ha quedado muy bien. Esta copia es para ti, Lupe.

—Hemos ensayado en los recreos —dijo Vélez—, y queríamos que lo vieras.

—Qué sorpresa —dijo Lupe—. ¿Y ya habéis ensayado? ¿Tan pronto? Quiero verlo.

Vamos allá. Empecé explicando cómo sería la primera escena, la llegada al teatro, la intervención de Montfleury, el cruce de miradas entre Christian y Roxana, el duelo con el marqués, la posición que ocuparía cada uno en el escenario, etcétera. Luego situé a los actores en los extremos y puse a Montfleury en el centro. Y comenzamos, un poco renqueantes. María no encontraba la manera de decir sus frases, Roberto y Tomás no se habían estudiado el texto, pero Connor y Candi lo hicieron bastante bien, sobre todo Candi, que tenía esa dulzura y esa entonación tan honda. Y Vélez, bueno, la voz de Vélez era tan intensa que le servía para ocultar los errores que pudiera cometer, aunque lo cierto es que se saltó la mitad del guion, descaradamente...

Terminamos con la escena del duelo, cuando Cyrano hiere al marqués en la última estrofa. Fin de la primera parte. Y miramos a Lupe, esperando sus felicitaciones. Silencio. Largo silencio.

—Eso es todo por ahora —dije, un tanto incómoda—. Ya sé que hay muchas cosas que mejorar pero... ¿qué te parece?

—¿Pensáis representarlo así?

—Bueno, con vestuario, y luces, y... La madre de Artur ya ha empezado a...

—Y con espadas —añadió Connor.

—Ya. Con espadas. Lo siento, pero si seguís por ese camino será un desastre.

—¿Un desastre? —repetí, atónita.

—Absoluto. A no ser que vuestra idea sea hacer un montaje de ciencia ficción, *Cyrano de Bergerac interpretado por robots*.

—Vale, no te ha gustado. No hace falta que te burles —dije, ofendida.

—No me burlo. Lo que pasa es que ninguno de vosotros se ha creído ni media palabra de lo que ha dicho. Solo se salva Candi, y porque ella es como es. Los demás os habéis quitado el texto de encima. Como si tuvierais prisa por terminar.

Allí estaba de nuevo la Bruja Mala del Oeste, haciendo añicos nuestras ilusiones.

—Nunca habíamos hecho nada de teatro, es la primera vez que... —intenté defenderme.

—No se trata de haber hecho teatro o no, Velia, no es cuestión de técnica, nadie os va a pedir ninguna destreza vocal ni... Se trata de que habéis repetido el texto como si fueran sílabas sueltas. Habéis dicho «¡Maldición!» como si dijerais «¡Buenos días!»... Artur, ¿cómo era esa frase que dice tu personaje...? «¿Quién es esa dama...?».

—«¿Quién es esa dama que brilla allí arriba, en el palco?».

—Eso es. Ahora di: «No tengo cambio para el *parking*».

—Eh... «No tengo...».

—Era broma. Me refiero a que decís vuestras frases como si dijerais cualquier otra cosa. Y *Cyrano* es una obra apasionante, llena de tensión, de comedia, de profundos sentimientos...

—¡Mejor lo dejamos y volvemos a las clases normales! —dije, decepcionada.

—¡No! —gritó Vélez—. Lupe tiene razón, creo que sé a lo que se refiere...

—Más te vale que tú lo sepas, Vélez, eres el protagonista y cargarás con el peso de la obra —le replicó

Lupe—. No puedes poner esa cara de palo en todas las escenas. Cyrano es un tipo burlón, ingenioso, enamoradizo, inestable... Se supone que en el palco está tu gran amor, se supone que es una noche épica, y que montas un gran escándalo para que ella se asombre de tu valor y de tu audacia, ¡y no la has mirado ni una sola vez!

—¿Y cómo tendríamos que hacerlo? ¿Por dónde empezamos? —insistió Vélez.

—Preguntándoos primero quiénes sois, y luego quiénes son vuestros personajes. María, dime tres palabras que te definan...

—¿A mí? ¿Tres palabras? Pues no sé...

—Prueba... Soy...

—De verdad que lo no sé... Soy..., soy un poco loca, creo. Eh, no os riais.

—Un poco loca —repitió Lupe—. Qué más.

—Soy... nerviosa.

—Nerviosa. Llevamos dos. Te falta una.

—No se me ocurre nada...

—A mí sí —dijo Connor—. María es buena gente, es una amiga estupenda, es un poco insegura, pero es muy divertida.

—Ay, Connor, dame un abrazo —dijo María, entre risas.

—Vale con eso —continuó Lupe—. Ahora dime cómo crees que es tu personaje, ese Montfleury.

—No sé mucho de él.

—Cómo te lo imaginas, entonces.

—Pues... supongo que Montfleury se cree un gran actor, porque el público muere con él. Pero Cyrano lo odia...

—¿Y Montfleury a quién hará caso, al público o a Cyrano? —preguntó Lupe.

—Cuando el público aplaude el tío se viene arriba, pero luego llega Cyrano y se abochorna...

—Porque...

—Porque no está seguro de que sea tan bueno, y porque Cyrano habla de esa manera tan contundente que te vienes abajo...

—Y porque se pone nervioso... —dijo Lupe.

—Sí, también se pone nervioso.

—Inseguro, nervioso... ¿Lo ves? ¡Ya son dos cosas que tienes en común con Montfleury! Cuando salgas al escenario irás de un lado a otro, entre la vanidad del gran actor y la inseguridad que le provoca la amenaza de Cyrano, y con esos dos polos en la cabeza dices tus frases.

—Es un papel muy pequeño, no me da tiempo a tanto...

—¡Eso no importa! Ese pequeño papel podría salvar la obra...

—Solo salgo dos veces...

—Entonces tienes que conseguir que sean las mejores escenas de la función. Ahora te hago otra pregunta: ¿cómo quieres que sea tu personaje, qué te gustaría que pensaran los espectadores de él?

—Me gustaría..., me gustaría que les pareciera tierno —contestó María—. Y muy gracioso. Me gustaría que se rieran, pero que también les diera un poco de pena.

—Muy bien. Nervios, un punto de soberbia y otro de inseguridad, intentando ser tierno y gracioso al mismo tiempo. Casi nada. ¿Sigue pareciéndote pequeño tu personaje?

—Qué complicado. Y yo que pensaba que solo había que aprenderse el texto...

—El texto es lo de menos. De hecho, durante los primeros ensayos deberíais olvidaros del texto.

—¿Cómo? ¿Olvidarnos del texto? —pregunté, escandalizada—. Entonces, ¿qué ensayamos, exactamente?

—Ensayaréis a los personajes, no las palabras que aparezcan en un papel. Ensayaréis quiénes son y por qué dicen lo que dicen. Por qué Christian se enamora de Roxana, por qué Cyrano también la ama, pero de otra forma, por qué De Guiche la persigue, con mala intención, y qué hacemos con Roxana en medio de ese lío. ¿Será una tontita que se deja llevar? ¿O tendrá fuerza, voluntad y decisión propia? ¿Cómo quieres que sea tu Roxana, Candi?

—Libre. Y que la dejen en paz los pesados.

—¡Bien! ¡Eso me gusta mucho! ¿Y tiene la ayuda de alguien en la difícil tarea de que la dejen en paz y de amar libremente a quien le dé la gana?... ¡Casi nada!

—Tiene a Rosalina —dijo Claudia—. Que soy yo...

—¿Y a la nodriza?

—No, la nodriza es todo lo contrario —dije—. La nodriza quiere que...

—Que se someta. Que se case con quien le conviene —continuó Candi—. Pero no por amor, sino por rollos sociales.

—La nodriza es pobre —dijo Claudia—, es una sirvienta, y sabe lo que significa tener dinero o no tenerlo. Que una señora de buena familia como Roxana se case con un mosquetero le parece una estupidez.

—¡Bravo! Mucho antes de memorizar ningún texto tenéis que discutir estas cosas. Cualquiera puede ponerse delante de un papel y estudiar hasta que le salga el texto por las orejas, eso es muy fácil... La pregunta es si seréis capaces de crear a vuestros propios personajes. Y siento deciros, chavales, que el teatro consiste en eso. Y por ese motivo es insustituible. Y no pueden hacerlo las máquinas. Ni los dibujos animados. Ni ninguna clase de inteligencia artificial, por muy sofisticada que sea. Seguro que los robots acaban escribiendo novelas, pero nunca serán actores de teatro.

Prejuicios. Siempre volvíamos a casa por el mismo camino, Claudia, María y yo. Salíamos del instituto y tomábamos la avenida hasta la calle Lafuente, donde dejábamos a María. Luego Claudia se desviaba en la plaza y yo seguía hasta mi casa, que estaba en el camino de la playa. No dejábamos de charlar y de hacer bromas, y de lamentarnos de los deberes y los exámenes, pero aquel día solo hablamos de la bronca de Lupe, que yo había interpretado como una ofensa personal. Al llegar a la plaza me despedí de Claudia, como siempre, y seguí mi marcha. Hasta que oí que alguien me llamaba.

—¡Velia! ¡Espera!

Me di la vuelta. ¿Qué demonios hacía Juan Vélez por aquí?

—¿Me estás siguiendo?
—No te sigo. Solo vamos por el mismo camino.
—Y apareces detrás de mí justo cuando mis amigas se han ido...
—Quería hablar contigo, nada más. Somos compañeros de clase, ¿no?
—De qué quieres hablar.
—De Lupe. Creo que se ha pasado un poco.
—Sí. Un poco.
—Pero también creo que tenía razón.
—Y eso lo dices tú, que sabes mucho de teatro porque hacías obritas en tu colegio privado...
—A lo mejor sé un poco... Y a lo mejor no tengo tanto orgullo.
—¿Orgullo? ¿Qué tiene que ver el orgullo con esto?
—Esperabas que Lupe se rindiera a tus pies, y te has llevado un chasco. Has hecho un trabajo muy bueno con el texto, Velia, pero ella es la profe, y sabe lo que dice. El orgullo no sirve de nada, es un lastre. Si yo me dejara dominar por el orgullo, habría renunciado a hablar contigo, por ejemplo, o con Connor. No se lo ponéis fácil a un chico nuevo en este instituto, ¿eh? Cuando llegué no conocía a nadie. Suerte que me encontré con Roberto, con Juanito y con Tomás, ellos tienen menos...
—Menos qué.
—Menos orgullo. ¿Vives cerca?
—En el camino de la playa. Tú vives en El Alcor, ¿no?
—¿Cómo lo sabes?
—Observación.

—¿Observación o espionaje?
—¿Por qué iba a espiarte? Eres un chico de El Alcor, eso se nota.
—¿En qué se nota? ¿Y cómo se supone que somos?
—Justo como tú. Mírate.
—No veo nada particular.
—Déjalo.
—No, ¿a qué te refieres? ¡Estás cargada de prejuicios!
—¿Prejuicios? Mira, chico de El Alcor, te equivocas.
—Mira, chica del camino de la playa, no me restriegues tu superioridad.
—¿Tú no ibas y venías en moto al instituto?
—Hoy he venido andando. Sí que te fijas en mí...
—Para nada.
—No sé por qué acabamos siempre discutiendo...
—Porque *tú* empiezas discutiendo.
—¿Que yo he empezado? ¿Diciendo qué, a ver?
—Diciendo nada. Siendo así, como eres.
—Prejuicios.
—Vete a la mierda —dije, alejándome de él.
—Mañana me gustaría discutir contigo otro rato más —gritó—. ¿Me oyes? ¡Velia!

Y, a pesar de que me zumbaban de rabia los oídos, apreté el paso, me aferré a mis libros y seguí la marcha. ¿Qué pretendía? ¿A qué venía todo eso? Odioso-Vélez. Lechuza-Vélez. Slytherin-Vélez.

Por tierra. El lunes siguiente volvimos a vernos en la pradera. Pensé que los demás ni siquiera aparecerían, después del sofoco de las palabras de Lupe, pero para mi sorpresa aquel rapapolvo solo me había dolido a mí.

María y Claudia, por ejemplo, lo recibieron como la arenga de un comandante a sus tropas. Estaban dispuestas a llegar hasta el final, hablaban de sus personajes acaloradamente, discutían matices psicológicos con Candi y con Artur, que decía que había que organizarse y comprar las telas lo antes posible para que su madre pudiera ponerse con la costura de inmediato.

Yo no entendía nada, no sabía si eran imbéciles o si eran insensibles a la humillación. ¡Lupe había echado por tierra todo el trabajo, nos había dicho que era una basura, y yo era la única que parecía haberse dado cuenta! El colmo fue que Roberto, Tomás y Juanito, que yo supuse que no habrían entendido nada de aquello de «explorar los personajes», también habían entrado en el juego. Roberto decía que Lignière no era solo un bala perdida, sino un tío honesto y leal que se jugaría la vida por sus colegas... Y Tomás se quejaba de que Le Bret resultaba demasiado plano, le gustaría añadir algún rasgo llamativo, además de la prudencia, algo con lo que bromear y crear una identidad propia...

¿Demasiado plano? ¿Una identidad propia? ¿Se habían vuelto locos?

—¿Y tú, Velia? ¿No dices nada? —preguntó Connor.

—No sé qué estáis haciendo exactamente.

—Ensayar —dijo Vélez.

—¿Cómo que ensayar? ¿Y el texto?

—Lupe dijo que nos olvidáramos del texto. Y eso es lo que hacemos —dijo María.

—Yo creo que ya lo he entendido —dijo Candi—. Lo de Roxana. Creo que Roxana es como una de esas chicas que siempre han estado muy controladas y han obedecido a sus padres en todo, pero ya se cansó, se hizo mayor, no tiene novio y va a su aire. ¿Qué hacemos con la nodriza, Velia? —me preguntó.

—¿Qué hacemos de qué?

—La relación nodriza-Roxana. ¿Crees que debo odiarte, sin más? ¿Desde cuándo estamos juntas? ¿Desde que yo era pequeña? ¿Qué edad se supone que tienes?

Una secta. Se habían convertido de la noche a la mañana en una maldita secta. Lupe les había sorbido el cerebro, eran marionetas en sus manos.

Me levanté y me fui, dejando a la pobre de Candi con la palabra en la boca. Sentía que iba a ponerme a llorar de un momento a otro y no estaba dispuesta a que me vieran perdiendo el control... Apenas me había alejado unos metros cuando una mano se posó en mi hombro. Sería Claudia, claro, para consolarme...

—¿Qué te pasa? —dijo Connor—. ¿Por qué te quitas de en medio? Sin ti no tiene sentido nada de esto... Además, falta el segundo acto, y eso que llaman el punto de giro del guion, ¿no? Para romper la monotonía. ¿Has pensado en el punto de giro? También podrías añadir una subtrama..., una especie de... ¿Me escuchas, Velia?

A veces, dependiendo de la luz que se reflejara en ellos, los ojos de Connor parecían grises, y otras veces tenían brillos azules, como el sol reflejándose en la nieve. *Glaucos*, leí en un libro. Era el epíteto de la diosa Atenea, *la de los ojos glaucos*. Dos gemas demasiado hermosas que transmitían una belleza mineral, escasamente humana.

—Claro que te escucho. Mañana traeré las nuevas escenas.

—No te olvides de mi personaje, ¿eh? Engreído pero intrépido...

—Como tú, Connor. Será exactamente igual que tú.

«Con los mismos ojos glaucos», pensé.

El banquete. El examen de Filosofía había causado terror en toda la clase, incluso Claudia y María estaban angustiadas, a pesar de que habíamos practicado con modelos similares durante todo el trimestre. Se trataba de reflexionar sobre distintas cuestiones del temario a partir de un fragmento de *El banquete*, de Platón. Quizá no resulte muy elegante decirlo pero me pareció muy fácil, las ideas fluían dentro de mi cabeza con naturalidad y mi mano redactaba las líneas velozmente. Hablé del amor, de Eros y de Sócrates, que son los temas principales de la obra, y terminé mucho antes de que sonara el timbre. Luego levanté la vista y vi a mis compañeros enfrascados en la tarea, rogándole al profesor, el bueno de Castel, que les diera una tregua de unos minutos. Solo Connor y yo terminamos a tiempo, así que nos encontramos en la pradera, abandonados por el resto de devotos de aquella Hermandad recién fundada.

—Si quieres te ayudo con tus frases —le dije—. ¿Ya te las sabes?

—Casi. Pero me viene bien que me corrijas.

—¿Que te corrija yo? ¿Cómo voy a corregirte, si no sé nada de interpretación? A mí me vale con decirlo de cualquier manera...

—Velia, tú eres nuestro enfático líder, la directora de la obra... —dijo Connor, fiel a su estilo.
—No desvaríes.
—*Cyrano de Bergerac*, una producción de Velia Machado, adaptada por Velia Machado y dirigida por Velia Machado...
—¡Yo no dirijo nada! Y la adaptación la hice con Claudia, a cuatro manos...
—Nunca te he preguntado por tu nombre. Es extraño. Suena extraño.
—Habló «Connor Ramsday»...
—En Gales es un nombre muy común. Te encontrarías con muchos Connor en cualquier instituto de bachillerato. Pero *Velia* no hay dos, ni aquí ni en ninguna parte.
—Alguna habrá.
—¿Por qué *Velia* y no *Celia*, o *Delia*?
—Tiene una explicación. Viene de una canción muy triste que escuchaban mis padres, *De la ausencia y de ti*. Es de un cantautor de hace mil años, habla de una chica que se marcha de la ciudad, y la echan de menos. Suena un poco rara, con un teclado antiguo que parece un clavicordio, pero es bonita.
—Entonces es como tú: rara y bonita.
Me quedé en silencio y levanté la vista. Connor ni siquiera apartó la mirada, esos rizos caóticos cubriéndole la frente...
—¿Estás intentando ligar conmigo? —pregunté.
—¿Pasaría algo si fuera así?
—Pasaría que nos conocemos desde hace mucho tiempo... Y también pasaría que conmigo no liga nadie, no sé a qué viene esto.

—Quizá porque no te dejas, siempre tan distante.
—Yo no soy distante.
—O quizá porque prefieres a Vélez.

Respiré profundamente antes de contestar, provocando para mi desdicha una de esas pausas dramáticas que favorecían el discurso de Connor.

—¿Por qué dices eso?
—Es muy evidente. ¿Salís juntos? ¿Lo lleváis en secreto? Seguro que le echaste una mano con el texto, por eso se lo aprendió tan rápido...
—No salgo con nadie, Connor. En general, yo casi no salgo, ya me conoces. Espera, ¿estás celoso?

En ese momento llegaron María y Claudia.

—¡Ha sido una masacre! ¡Castel ha ido a pillarnos, con ese texto tan..., tan..., tan de Platón! —dijo María.
—Pero si ya avisó de que sería un fragmento de *El banquete*, ¿no lo preparaste?
—No me digas que a ti te ha salido bien, como a este superdotado tan odioso —dijo señalando a Connor.
—Un poco, no sé. Yo ya me lo esperaba. ¿Tú también...? —quise preguntarle a Claudia, pero me detuve al ver la expresión de su rostro.

Desde hacía algunos días estaba distinta, distraída. Tuvo problemas con el examen de Historia, y en Latín había olvidado traer las tareas por primera vez en su vida... Precisamente ella, la chica de los sobresalientes infinitos. ¿Qué le ocurría? ¿Qué estaba pasando dentro de su cabeza?

Sentado sobre una de las raíces, Connor me miraba fijamente, como si con esos ojos de nieve quisiera decirme algo que su boca no se atrevía a pronunciar.

Una buena noticia.

—Chicos, tengo buenas noticias —dijo Lupe, un viernes—. He hablado con los jefes, les he contado lo de vuestro *Cyrano*... Y les ha parecido una buena idea. De hecho, quieren que lo representéis en la semana cultural, a finales de abril. Y eso significa que tenemos apenas cinco meses para montarlo todo. Y creedme, cinco meses es muy poco tiempo. Lo mejor es que he conseguido algo de financiación. No es mucho, pero tendremos dinero para el vestuario, para las luces y para el sonido y...

—¿Y para las espadas?

—Podemos incluirlas en el atrezo.

—¿En el qué?

—El atrezo es... Son las cosas que necesitamos para representar la obra, las mesas, las sillas, las tazas o las jarras que aparezcan en el escenario...

—Y las espadas.

—Sí, también las espadas, Connor.

—Entonces —preguntó María—, ¿de verdad que vamos a hacerlo?

—Todavía estáis a tiempo de dar marcha atrás si pensáis que os viene demasiado grande —dijo Lupe.

—¡Para nada! —replicó Vélez, tronante.

—Todos para uno y uno... —arrancó Connor.

—¡D'Artagnan! ¡Eso-es-de-D'Ar-ta-gnan! —volvió a corregir Claudia.

Y mientras mis colegas reafirmaban su compromiso, yo me sentía cada vez más pequeñita, encogiéndome sobre la silla y deseando que el proceso de miniaturización no se detuviera hasta que, ¡plop!, me desintegrara sin dejar rastro de mí, apenas una neblina flotando en el aire.

—Tenemos que empezar ya mismo —continuó Lupe—. Esta tarde nos vemos en el pabellón para hacer un inventario.

—¿Un qué?

—Una lista de las cosas que tenemos y de las que necesitamos. Buscaremos el escenario y veremos qué podemos hacer con él. Venid con guantes y ropa de trabajo, os toca convertiros en peones, señoritingos de piel delicada... En el teatro no todo es poesía, también hay que ensuciarse y poner muchos clavos, ya os iréis dando cuenta.

Un escenario. Esperamos en la puerta, sin atrevernos a entrar en los dominios de la limpiadora-sabueso. Lupe llegó con retraso, pidiendo disculpas y buscando las llaves dentro de aquel bolso que era un portal interdimensional. No estaba la compañía al completo. Candi y Artur vivían lejos, en las afueras, y supongo que sus padres no estarían dispuestos a ser los taxistas de sus hijos solo por ese capricho del teatro. Roberto, tan perezoso, tampoco acudió; pero Tomás y Juanito no faltaron, y tampoco Vélez, Claudia, María y Connor, que formaban el núcleo duro de la Hermandad.

En el pasillo nos cruzamos con el cancerbero del *checkpoint*, que pareció reconocernos (la silueta espigada de Connor era inconfundible), pero agachamos la mirada y seguimos los pasos de Lupe hasta el pabellón, como si fuéramos polluelos. A esa hora de la tarde, lejos de la tensión de las clases, Lupe resultaba más simpática y habladora. Venía con zapatillas deportivas, camiseta y vaqueros, y se alejaba de la figura convencional de una profesora de secundaria, un papel en el que no terminaba de encajar. Me puse a su lado buscando alguna confidencia, imaginando que éramos almas gemelas, aunque lo cierto es que no recibía de ella ninguna atención particular; mi rol como alumna predilecta solo formaba parte de mi imaginación.

Llegamos al pabellón deportivo, una sala enorme donde jugábamos al bádminton y hacíamos gimnasia los días de lluvia, y que también se utilizaba como un inmenso trastero. Al fondo, detrás de una gruesa cortina en la que anidaban colonias de ácaros, se agazapaba una criatura formada por tableros de básquet, plintos, potros, balones medicinales, compresores, carros de supermercado llenos de viejas carpetas de apuntes, sillas escolares con las patas torcidas, mesas amontonadas de manera acrobática... Las puertas del averno, los despojos de la enseñanza pública.

—Aquí es —dijo Lupe—, bienvenidos al reino del *horror vacui*. Se supone que en alguna parte estarán las tarimas de un escenario, las bambalinas y los tubos de un arco de luces. Habrá que moverlo todo para dar con ello, id con cuidado para no haceros daño...

Nos pusimos manos a la obra. Si en casa nos hubieran dicho que echáramos una mano con el trastero, habríamos rezongado y buscado una batería de excusas, pero allí, entre colegas y bajo el estímulo de la nueva Lupe (el pelo atado en una coleta), todo parecía una aventura.

La estrategia fue la de la entropía: fuerzas aliadas para la multiplicación del caos. Sacamos a la pista una panoplia de cachivaches y fuimos apartando los objetos que podrían servir para algo: telas, lámparas, sillas de enea, cestas de mimbre, un baúl de madera, cualquier cosa que pareciera vagamente teatral y que nadie se explicaba cómo había acabado en el almacén-cementerio de un instituto.

Después de mover buena parte de aquellos chismes, como si limpiáramos los establos de Augías, encontramos cuatro bloques de madera pintados de negro, cubiertos por una venerable membrana de polvo, mugre y astillas. Medían algo menos de un metro de altura, y tres metros por cada lado.

—Tiene que ser esto —dijo Lupe.

—¿Qué estamos buscando exactamente, seño? —preguntó Juanito.

—¡El escenario! Y creo que lo hemos encontrado.

Entre todos aupamos las cuatro piezas, que al levantarlas crujían como la cubierta de un barco pirata, y las unimos como si fueran las fichas de un puzle de preescolar. Allí estaba, el escenario de nuestra obra... Había un problema evidente: era pequeño, demasiado pequeño, medía poco más de seis metros de largo por seis de ancho.

Lupe adivinó nuestros pensamientos.

—Puede servir. Dejaremos el escenario para los parlamentos, los monólogos y las escenas de pareja, y el resto lo repartiremos por la sala... De esa manera la obra será más dinámica y obligaremos a que el espectador mire a un lado y a otro...

—Pero, Lupe —dije—, ¿y qué hacemos con la escena del balcón?

—¡Aquí hay una especie de andamio! —exclamó Juanito hurgando en el almacén—. Si lo cubrimos de papel de embalar y ponemos algunas enredaderas, puede servirnos de balcón, ¿no? Roxana sube por detrás y Cyrano le habla desde aquí abajo...

—¡Buena idea, Juanito! —aprobó Lupe—. Y Cyrano, al principio, aparecerá desde el fondo, lo mezclaremos con el público...

—¡Y yo moriré en la platea, batiéndome en duelo contra... —dijo Connor, subiendo de un salto a la tarima y haciendo el payaso, como era habitual en él. Pero de pronto sonó un terrible crujido, ¡CRAC!, y vimos cómo las tablas se rompían y engullían a nuestro amigo.

—¡Connor! ¡Cuidado! —grité.

Corrimos a socorrerle.

—¡La madera está podrida, no la piséis! —advirtió Lupe.

Tenía razón. Rodeamos el agujero como una de esas películas en las que un chico camina sobre el hielo y surgen grietas en la superficie. Por suerte, Connor salió por su propio pie...

—Estoy bien, no ha sido nada —dijo.

Sin embargo, al sacar la pierna vimos que las astillas le habían atravesado el pantalón y que un hilo de sangre le bajaba hasta el tobillo. María estuvo a punto de desmayarse, Lupe corrió al botiquín del gimnasio y volvió con gasas y agua oxigenada.

—No es más que un rasguño —insistió Connor, apretando las mandíbulas con un gesto de dolor contenido, imitando a cualquiera de sus héroes.

—Ay, Connor, podrías haberte hecho mucho daño. Este escenario no sirve. Es peligroso —se lamentó Lupe, moviendo la cabeza.

—Mi padre puede arreglarlo —anunció Juanito—, es bueno con estas cosas. El otro día le conté que iba a participar en una obra y dijo que lo avisáramos si hacía falta.

Connor se marchó cojeando exageradamente, apoyado en el hombro de Vélez. Pobre Connor, debió de hacerse mucho daño, pero yo lo conocía bien y sabía que disfrutaba de estas cosas, como una pequeña hazaña.

El señor Juan. El señor Juan, el padre de Juanito, era un hombre vivaracho que vino cargado con una enorme caja de herramientas. Trabajaba en los astilleros, y sabía de carpintería y bricolaje todo lo que una persona puede llegar a saber. Tan afable y bondadoso como su hijo, era el perfecto capataz de cualquier faena, y se le veía encantado de utilizarnos como cuadrilla. Al verme me dio unas tenazas y me dijo que quitara todos los clavos que viera torcidos, y lo mismo hizo con los demás, cada uno con su labor y su herramienta. Al minuto ya nos tenía trabajando en la tarima como en una cadena de montaje, sin rechistar. Tenía la lengua viva, como suele decirse, y no dejaba de hablar mientras cortaba, lijaba, remachaba y soldaba.

—Qué buena idea tuvo usted con esto de la obra de teatro, señorita. Mi Juanito ya se sabe el papel, es una pena que sea tan corto, pero bueno, así se equivoca menos.

—La idea salió de ellos...

—Una tropa necesita un comandante para que no cunda la anarquía. En mi planta, allí en los astilleros, respetamos los galones y la antigüedad por encima de todo. Y yo a mi hijo le tengo bien metido en la cabeza que lo primero es el respeto a los mayores. No me refiero a que usted sea mayor, entiéndame, si parece una muchacha, lo que quiero decir es que si este membrillo se pasa de la raya usted me lo dice, que yo le ajusto las cuentas...

—¡Papá! —protestó Juanito con una lijadora en la mano.

—Juanito es un buen chico —dijo Lupe—. Igual que los demás. De los mejores que he conocido.

En ese momento levantamos la vista del suelo y sentimos cómo el corazón nos vibraba de ternura y agradecimiento, y nos pusimos a cortar, a desclavar y a pulir con más brío, mientras el señor Juan reforzaba las juntas de la tarima con soldadura para que el escenario de nuestro humilde *Cyrano* fuera tan sólido como el basamento de un templo griego.

A veces, cuando echo la vista atrás y pienso con nostalgia en el Año de la Gran Nariz, recuerdo con más cariño las tardes de carpintería que los ensayos que vendrían después. Había algo de pureza y felicidad verdadera en aquello, la posibilidad de crear una sustancia con nuestras manos, de ser capaces de construir un verdadero teatro a partir de los restos que una tormenta hubiera arrojado a la orilla después de un naufragio, como si fuéramos robinsones.

—Listo, señorita —dijo el señor Juan, ajustando el último de los travesaños en la moldura—. Ya puede subirse aquí un elefante que este tablado no se rompe.

—Muchas gracias, nos ha salvado la obra.

—Juanito me ha dicho que la cosa iba de mosqueteros, ¿no?

—Sí, es *Cyrano de Bergerac*, y va sobre..., sobre mosqueteros, vaya.

—¿Le gusta a usted el carnaval, señorita?

—Pues... sí.

—Hace muchos años yo salía en una comparsa.

—¿Que tú salías en una comparsa, papá? —dijo Juanito, asombrado—. ¡Nunca me cuentas nada!

—Tú eras chico y medio bobo... Como le digo, yo salía en una comparsa, y hubo un año..., creo que fue el último..., que fuimos de hidalgos españoles, unos hidalgos un poco chuscos y chirigoteros, pero con calzas, jubones, correajes y todo eso... Los cuatro del tercio, nos llamábamos. Yo nunca tiro nada, en alguna parte tienen que andar las cosas... ¿Le vendrían bien?

—¿Que si nos vendrían bien? ¡Juan! ¡Sería fantástico!

—Puedo ponerme en contacto con los colegas y decirles que busquen los aparejos... Íbamos un poco *arrastraos*, veteranos de las guerras de Flandes, pero yo creo que encaja con el tipo. También puedo conseguirle algo para el escenario... Unos árboles de cartón, unas ventanas viejas... Para crear un ambiente de época... ¿Qué le parece?

Lupe no pudo evitar darle un abrazo, y los demás arrancamos a aplaudir, emocionados. El señor Juan acababa de convertirse en el productor, el proveedor y donante principal de una obra que comenzaba a tomar forma.

—Ahora vamos a probar las luces, que también sé un poquito de electrónica —dijo.

En otro recodo del almacén encontramos las piezas del arco. En el suelo había unas hendiduras para encajar los tubos, que se iban enroscando unos con otros.

—¡Macho y hembra! —gritaba el padre de Juanito, provocando nuestras carcajadas—. ¡Tenéis que buscar los tubos macho y unirlos con los tubos hembra!

—Papá, ¿y cómo sé cuál es el macho y cuál...?

—Juanito, no te pongas en evidencia, por favor...

Con ayuda de una enorme escalera, el señor Juan terminó de unirlos y colgó unos viejos focos que parecían sacados de una película de cine mudo. Era imposible que funcionaran. Cuando todo estuvo listo, desenrollamos los cables, los conectamos a las clavijas de una consola de luces llegada directamente del mesozoico y aguantamos la respiración antes de pulsar el botón de encendido, como si fuera el control que activara el lanzamiento de un misil nuclear...

Milagro.

Tres de los cuatro focos titilaron, parpadearon y finalmente se encendieron, provocando nuestra algarabía. No eran demasiado potentes, pero proyectaban una luz muy auténtica, muy romántica y muy teatral, las motas de polvo interpretando esa danza hipnótica en la atmósfera...

—La vieja tecnología siempre funciona —proclamó el señor Juan—. No se preocupe por el otro foco, podemos sustituirlo. Espere un momento, me ha parecido ver por aquí... Aquí está —dijo señalando una especie de trípode que habíamos arrumbado durante nuestro asalto al almacén, pensando que no serviría para nada—. Mirad qué joya, ¿no sabéis lo que es esto, chicos? Panda de ignorantes... Los chavales de hoy no sabéis nada... ¡Es un cañón de seguimiento!, como los que se usaban en el circo o en el cabaret, para enfocar a la protagonista guapa. A ver, tú misma —dijo tomándome del brazo—, que das el papel, ¡sube al escenario! ¿Qué te pasa? ¿Te da vergüenza? Pues vaya actriz...

—A ella todo le da vergüenza —dijo Vélez, clavándome agujas en las uñas.

—Es que yo no soy actriz —me defendí—, soy una guionista *obligada* a hacer de actriz...

—Hala, no te quejes tanto y ponte ahí —resolvió el padre de Juanito, y prácticamente me llevó a rastras hasta la tarima. Después hizo rodar el trípode, conectó otro cable a la consola, accionó la palanca y... ¡clac!, el cañón de seguimiento hizo un círculo alrededor de mí—. Muévete un poco, para ver el efecto —dijo.

Es cierto que la vergüenza me corroía las tripas, pero obedecí y di algunos pasos, imaginando que representaba mi papel en aquella escena en la que Roxana y la nodriza hablan de las cartas de Christian.
—Venga, di algo.
—Yo te doy el pie —dijo Juanito—. Se dice así, ¿no?

Nodriza: Esas cartas no son más que palabras.
Roxana: ¿Que no son más que palabras? ¿Cómo puedes decir eso?
Nodriza: El amor es para gente de su condición, no de la mía.

—¿Veis? Una chica guapa se vuelve diez veces más guapa con esta luz. El rodamiento sirve para moverlo en la dirección que queráis. Pero necesitaréis un técnico que se encargue de los filtros. Señorita, si usted quiere, yo mismo puedo hacerlo... A mí es que me encantan estas cosas, soy muy farandulero...

Me quedé allí arriba unos instantes, pisando las tablas claveteadas del escenario mientras el padre de Juanito hablaba con Lupe. ¿Y sabes qué? Que me sentí muy bien, que me gustó esa sensación de... de... de teatralidad, por decirlo de alguna manera, y por un momento deseé que lleváramos encima el vestuario, que el público se sentara impaciente en las sillas, que los focos se encendieran, deseé que fuera el día del estreno de nuestro *Cyrano de Bergerac*.

A la salida, cuando ya nos marchábamos, Vélez se acercó a mí.

—Tenía razón el señor Juan —dijo—. Estabas muy guapa ahí arriba. El escenario te sienta bien.

Dijo esa frase, se montó en su moto y se marchó, disfrutando de la gloria de la última palabra. Y yo lo odié por eso. Solo un poco. Mientras se alejaba. Mientras no dejaba de mirar cómo se alejaba.

Sin adversarios. A la mañana siguiente, el señor Juan apareció en la puerta del instituto llevando un remolque cargado hasta los topes con árboles de marquetería, puertas y ventanas falsas, bolsas de rafia llenas de sombreros, cinturones, calzas, hebillas... Lupe vino a buscarnos a clase y pidió que la acompañáramos para acarrear los suministros. Era igual que en la peli de Cyrano, cuando Roxana llega de incógnito en un carromato hasta la misma línea del frente donde los soldados franceses se mueren de hambre y de asco, y levantan la lona y comienzan a sacar cestas de quesos, fiambres, botellas de vino y esas hogazas de pan que solo aparecen en el cine, y los cadetes lanzan vítores y dan saltos de alegría.

Fue otro de esos días que guardo en la memoria, la sensación de estar haciendo algo indebido en horas de clase, abriendo las bolsas y probándonos los jubones y las calzas, ciñéndonos los correajes, repitiendo en voz alta las líneas de nuestro texto, consumidos de pasión teatral.

—Siguen faltando las espadas —dijo Connor—. Y sin espadas, ¿qué clase de muerte dramática me espera?

—Echadme una mano con esos árboles... He traído un forillo que utilizábamos en las actuaciones. Lo colgábamos de un extremo y de otro y así conseguíamos una caja negra, para que la mirada del espectador no se distrajera.

—Señor Juan —dijo Lupe—, usted sabe mucho de dramaturgia.

—El carnaval también es teatro, señorita. La verdad es que echo de menos salir en la comparsa...

—¿Y por qué lo dejó?

—Ya sabe usted cómo son las cosas... Los hijos, la casa y el trabajo... Y encima este Juanito, que me salió de lo más soso, siempre escuchando música horrible, en lugar de cuplés y pasodobles...

—Los hijos se llevan toda nuestra energía. Son como alienígenas, se alimentan literalmente de sus padres —afirmó Lupe, bromeando.

¿Los hijos? La conversación se había puesto interesante. Mientras los demás hacían el cafre en el escenario, yo fingía que seguía hurgando en una de las bolsas de rafia, cumpliendo con mi cometido de agente de S.H.I.E.L.D., o de alcahueta de pueblo...

—¿Usted tiene hijos?

—Tengo uno. Casi de la misma edad que su Juanito. Fui madre muy joven, cuando todavía estaba en la universidad.

¿Lupe tenía un hijo? ¿Un hijo de nuestra edad? Eso sí que no me lo esperaba.

—Mejor, así ya lo tiene crecido. Aunque es ahora cuando dan más lata. ¿Y cómo se llama la criatura?

—Se llama Jano —contestó.

Bum, estalló mi cabeza. Jano.

—Vive con el padre —continuó—, estamos separados. Paso con él los fines de semana y la mitad de las vacaciones. Aún no tengo destino definitivo, así que voy cada año de un lugar a otro, como Mary Poppins... ¿Se acuerda de Mary Poppins?

Como Mary Poppins cuando soplaba el viento, pensé, y llegaba flotando con su paraguas. Por eso el bolso interdimensional, donde cabía un piano de cola y un sofá de tres plazas. Y todo mi amor, y mis ilusiones, y mi admiración...

—No puedo arrancarlo de su casa, de su colegio y de sus amigos...

—Lo echará usted de menos. Son unos trastos, pero cómo se les quiere...

—No me diga eso, que me va a hacer llorar.

Jano. Así que Jano era su hijo. No el batería de un grupo de *thrash metal*. No el actor principal de la Royal Shakespeare Company. No el médico que levanta un hospital de campaña en Mali. No el héroe, el amante, el novio que yo había forjado en mis idealizaciones... Jano era un chaval de nuestra edad, Jano era el hijo de nuestra profesora de LUN, que seguramente nació por culpa de un imprevisto o de una jugada del destino, cuando Lupe era tan joven y estaba tan llena de vida que ella solita iba a comerse el mundo... Un bebé: la noticia inesperada, la angustia, los llantos, las prisas, las noches sin dormir, los libros, los últimos exámenes de la carrera, la dificultad de asumir tantas responsabilidades cuando tú misma sigues siendo una cría... Lupe y Jano, Jano y Lupe, el tatuaje en la muñeca, ese nombre bifronte, el dios de los comienzos y de los finales, el bebé-dios.

—¿Se puede saber qué está pasando aquí? —Escuchamos una voz a nuestras espaldas—. ¿A qué viene todo esto? —Oímos mientras nos despojábamos de los disfraces, como si nos hubieran pillado haciendo una travesura.

Se trataba de Bellido, el mismísimo jefe de estudios, sombra negra del instituto que causaba terror cuando entraba en el aula y nombraba al sospechoso de cualquier trastada. En mi cabeza siempre estaba vestido de negro, como el profesor Snape. De hecho, en mi cabeza siempre era Snape.

—Soy Juan Galán, el padre de Juanito. Encantado de conocerte —dijo extendiendo la mano y desactivando la hostilidad de Bellido, que se quedó desconcertado durante unos segundos.

Qué buen hombre el señor Juan, un tío franco y espabilado, sabía tratar a la gente.

—He venido a ayudar a la señorita Lupe, mi hijo está en su clase —dijo—. Muy buena idea esto de la obra de teatro, así es como aprenden los chavales, ¿no cree?, haciendo las cosas con sus propias manos. Mire qué escenario tan bonito hemos montado, y mire qué arco de luces. Todavía faltan algunos arreglos, pero la cosa va viento en popa.

—Guadalupe, ¿estos niños no tendrían que estar en clase?

—No se preocupe, que terminamos en un momento y lo dejamos todo recogidito. ¿Qué le parecen los árboles de marquetería que he traído, eh? Lucen bien, ¿no? Son para la escena de jardín. ¿Conoce usted la obra?

—¿La obra?

—¡*Cyrano de Bergerac*! Pero ¿no se ha enterado? Juanito, hijo, cuéntale a este señor de qué va la obra que estáis haciendo...

—¿Yo?

—¡Claro! ¡Quién si no!

—Pues... va de un tío... Perdón, va de un señor que tiene una nariz muy grande y se enamora de una tía que... Quiero decir, de una dama que...

—Vale, vale... Tengo cosas que hacer en el despacho —dijo Bellido-Snape, escabulléndose—. Lupe, esto tiene que quedar ordenado antes de las tres, ¿estamos?

—Por supuesto, jefe.

—Un placer —cerró el señor Juan, volviendo a estrecharle la mano—, y aquí me tiene para lo que sea, ¿eh? Hacen faltan más profesoras como Lupe, ¿no cree usted?, para motivar a estos diablos.

—Claro, claro.

Se marchó el mortífago, abrumado por el torrente del padre de Juanito, hechizo *Expelliarmus*, y todos respiramos aliviados.

—Juan, nos ha salvado usted de una buena bronca... —dijo Lupe.

—Mal pájaro, ¿no?

—Bueno, tiene sus cosas... Y sus días.

—No se preocupe. Esta obra hay que sacarla adelante como sea, Lupe. Sin adversarios.

El mundo al revés.

—¿Puedo acompañarte?

—¿Hoy tampoco has venido en moto?

—¿Y a ti te abandonaron tus amigas?

—Tenían examen de recuperación, a última hora.

—Tú no tienes que recuperar nada, claro. Siempre sacas buenas notas.

—¿Te molesta? ¿Sacar *buenas* notas es *malo*? ¿Dónde, en el mundo al revés?

—Eres implacable, ¿eh? No concedes ni un centímetro. Pero lo siento, diste con el tío equivocado. Soy muy insistente cuando algo me interesa.

Algo le interesa, pensé. Sobrevino un incómodo silencio. Aún estábamos demasiado cerca de la puerta del instituto, faltaban al menos diez minutos, a buen paso, hasta llegar a casa. Estuve a punto de inventar una excusa, de decir que había olvidado los apuntes en la clase... En lugar de eso, para ocupar un vacío que picaba como hojas de ortiga, seguí boxeando.

—¿Y en tu colegio para niños pijos eras igual de... de insistente?

—Ya echaba en falta el discurso clasista...

—¿Clasista? ¿Por qué? ¿No era un colegio para pijos? Anda, sorpréndeme y dime que vienes de un barrio obrero...

—Era un colegio, sin más. Y había chicos y chicas de todo tipo.

—No te creo...

—Claro que había gente rica, y luego había otra gente como yo, normalita. Con padres que trabajan, y ya está.

—¿Y por qué dejaste ese paraíso de la diversidad?

—No era ningún paraíso. Para nada. Prefiero mil veces este instituto que aquello. Mucha gente falsa, muchas pretensiones. Hipocresía. Se creían muy listos. Y te juro que allí no había nadie que tuviera ni medio cerebro como el tuyo, o como el de Claudia, o el de Connor. Me quedé muy impresionado cuando os conocí, sabíais tantas cosas, y os atrevíais a hablar en público de esa manera, con desparpajo, como si nadie fuera a juzgaros. Connor es una enciclopedia, sabe de todo. Y tú, bueno..., tú eres... Allí las cosas son distintas. Más duras. Más difíciles. Se creen que están educando a la élite del futuro, y solo crían a vagos e ignorantes.

Me acordé de Holden Caulfield, el protagonista de *El guardián entre el centeno*, que al principio de la novela sale huyendo de Pencey, un colegio interno para chicos de clase alta donde solo encuentra soledad y frustración.

—No guardas muy buenos recuerdos —dije.

—Lo pasé mal. Había un par de tíos que..., ¡uf! Cuando terminé cuarto les dije a mis padres que prefería estudiar aquí. Estaba harto del autobús, los horarios, el comedor, las extraescolares... Llegaba a casa de noche, agotado y asqueado. Cuando escucho a Roberto y a Tomás quejándose de este instituto me entran ganas de contarles un par de cosas, pero tampoco quiero dar la chapa. Cada uno se cansa de lo que tiene cerca, y basta con alejarse un poco para apreciarlo. Eso me pasaba antes, al menos. Ahora ya no quiero que me pase. Por eso me apunto a todo, al teatro y a la liga de futbito en los recreos, y por eso te sigo, aunque tú no quieras hablar conmigo. Me da igual, me basta con estar cerca. No había chicas como tú en mi colegio.

—¿Como yo? ¿Y cómo soy yo?
—Todavía no lo sé, eso es lo mejor. Eres rara.
—Gracias...
—*Rara* es una buena palabra. *Normal* es peor que *rara*. Mucho peor. *Rara* es un individuo, *normal* es un rebaño. Pero no, no voy a decirte cómo eres. Tendrías demasiada ventaja.
—¿Ventaja?
—Claro. Me has hecho hablar durante todo el camino, y tú apenas has dicho nada. Si ahora, además, te digo cómo eres, ya no me quedará ninguna defensa.
—¿Y de qué hay que defenderse?
—De muchas cosas. De ti, por ejemplo. Aunque es verdad que ya me cansé de defenderme. Llevo mucho tiempo haciéndolo. Prefiero perder, si hace falta. Como en el fútbol. Soy muy malo jugando, ¿no te lo han dicho estos?, pero no me importa. Y como en el teatro. Fíjate, escogí el papel protagonista para ganar por una sola vez, y resulta que la chica se queda con el guapo, y yo muero.
—Es otra forma de ganar. Ganas porque perdiste. La leyenda del perdedor puede ser tan buena como cualquier otra.
—¿Ves? Algo así no lo habría dicho nadie en mi colegio. Allí perder o ganar sí que son cosas importantes. Los entrenan para eso. Y de alguna manera yo sigo teniéndolo dentro de la cabeza, no es fácil desprenderte de la propaganda. Ganar o perder. Por eso quiero seguir hablando contigo, porque sé que me vas a ayudar a quitármela de encima.
—¿Ayudarte, yo? ¿Y cómo podría?

—Sin decir nada. Estando ahí, donde estás. Y siendo así, como eres.

Habíamos llegado al cruce del camino de la playa. Nos detuvimos.

—Llegamos —dijo—. Perdona si te he molestado, o si te he contado cosas tristes o complicadas. Es curioso, cuando salí del instituto y fui a buscarte, no tenía ninguna intención de contar cosas tristes, para nada. Quería que te rieras, porque hoy te había visto demasiado seria en clase, pero fíjate, me he puesto a hablar y ha surgido esto. A veces pasa, ¿no? Comienzas a hablar de una cosa y terminas hablando de otra que no tenía nada que ver.

—Sí, a veces pasa. Me ha gustado hablar contigo, Vélez. Sigues siendo un niñato de El Alcor, no te confundas. Pero va a resultar que también eres un buen tío.

—Ojalá tus amigas tengan examen de recuperación mañana —dijo.

—Ojalá —contesté.

¡Sangre! Un viernes, Lupe entró en el aula cargando con una gran caja de cartón y una expresión intrigante en el rostro.

—¿Se puede saber qué traes ahí?
—¿Quién lo adivina?
—Una pala.
—*Nop.*
—Un remo.
—Nanay...
—Una guitarra.

—Sí, flamenca.

—¿No serán las...? —preguntó Connor, con los ojos brillantes de emoción.

—Compruébalo tú mismo...

Y fue Connor (tenía que ser él) el encargado de rasgar la cinta de embalar, de levantar las solapas, de descubrir el papel almohadillado y...

—¡Las espadas!

Gritamos de entusiasmo, enfervorecidos. Allí estaban las auténticas espadas de nuestro *Cyrano*, cuatro réplicas de acero con empuñadura, guardas y cazoleta, sin filo y con un taco en la punta para no provocar una tragedia, eso sí, pero magníficas espadas de cadetes de Gascuña.

—¡Déjame verlas!

—¡Quiero probarlas!

—¡Alto! —gritó Lupe, poniendo orden en la algarabía—. Recordad que no son un juguete, forman parte del atrezo y tienen que llegar sanas y salvas al día del estreno.

—¿Parte de qué?

—¡El atrezo, Juanito! ¡Las cosas del teatro!

—Y andad con cuidado, por favor. Aunque no estén afiladas, podéis haceros un estropicio...

Connor se había abalanzado sobre una de ellas, y ya posaba con cara de villano.

—Yo puedo enseñaros algunos movimientos —dijo Tomás—. He estado viendo tutoriales y, bueno, tengo un primo que participa en exhibiciones de esgrima histórica, es bastante *pro* en todo esto.

—¿En serio?

—Sí, entrena en un club y sabe un montón de cosas sobre espadas. Le he contado lo que estamos haciendo, y dice que va a venir una tarde para darnos una clase. Las posiciones básicas y todo eso.

—Voy a llorar de emoción —dijo Connor—. ¡Un maestro de armas colaborando con la Hermandad!

—Es un aficionado. Pero puede servir.

—Vélez, tenemos que entrenar hoy mismo...

—Pero si tú no sabes nada de esgrima, Connor —dijo Vélez.

—He visto todas las temporadas de *Juego de Tronos*. Dos veces. Sé lo que hay que saber. ¿O es que el valiente Cyrano tiene miedo?

—¿Me estás poniendo a prueba, De Guiche?

—Puede que sí.

—Acepto el desafío. Cyrano nunca se acobarda.

—¡Dejad de decir tonterías! —exclamó María—. Os recuerdo que se trata de hacer una obra de te-a-tro, no una batallita...

—¡Pero hay que darle acción! ¡Peleas! ¡Sangre!

—Menos sangre, Connor... Si se entera Bellido...

—Ni lo menciones...

El enredo y la intriga. Los ensayos prosperaban. Siguiendo las instrucciones de Lupe, discutíamos constantemente acerca de la naturaleza de los personajes y añadíamos nuevas líneas de diálogo para subrayar los conflictos. El primer borrador sufrió muchos cambios; la creatividad de Connor era un potro sin freno, siempre tenía una propuesta, un nuevo chiste o una idea disparatada.

Solíamos trabajar en parejas, repartidos por distintos rincones del pabellón: Connor con Juanito, para fortalecer la complicidad entre el ingenuo marqués y el temible De Guiche; Roxana con la nodriza, para afianzar el vínculo entre la dama y su sirvienta; Rosalina con Lignière, para facilitar el enredo y la intriga...

> Lignière: ¿Adónde vas con tanta prisa? ¿Qué llevas ahí?
> Rosalina: No es de tu incumbencia, poeta Lignière.
> Lignière: A los poetas todo nos incumbe... El mar, las nubes, las muchachas bonitas... y sus secretos. ¿Son cartas?
> Rosalina: Si me pones un dedo encima...
> Lignière: Uy, qué fierecilla. Lo siento, no peleo con mujeres.
> Rosalina: Lignière, te aprecio como poeta y como mosquetero. Déjame pasar y no habrá sangre.
> Lignière: Un caballero debe respetar a una dama... Pero un mosquetero nunca se acobarda...
> *(Desenvainan. Se cruzan las espadas, Rosalina desarma fácilmente a su adversario).*
> Lignière: Un golpe de suerte.
> *(Lignière recupera su espada. Se cruzan y vuelve a ocurrir).*
> Rosalina: Otro golpe de suerte, supongo.

Y mientras tanto, Cyrano ensayaba con todos, multiplicándose de un lado a otro, pues no había un solo personaje con el que no compartiera escena. Como decía Lupe, el peso de la obra caía sobre sus hombros, una carga que cualquiera de nosotros habría rehuido pero que Vélez sobrellevaba con un aplomo admirable. Se desenvolvía bien con la espada, después de ponerse de acuerdo con Connor en una especie de coreografía, y se elevaba en los momentos poéticos y reflexivos, como la famosa escena del jardín... ¿La recuerdas? Es de noche. Imitando a Julieta, Roxana se asoma al balcón y le pide a Christian algunas palabras de amor. Pero Christian es torpe, se trastabilla y se enreda, la dama frunce el ceño, lo rechaza, y en la penumbra aparece Cyrano, protegido por las sombras, que fingirá ser Christian y llenará de poesía el corazón de su amada...

> Roxana: Christian, ¿por qué usáis las palabras con usura?
> *(Cyrano toma el sombrero de Christian, y lo sustituye).*
> Cyrano: Porque la noche es oscura.
> Y las palabras, a borbotones,
> suben con dolor y trabajo
> para alcanzar tu blancura.
> Roxana: De pronto vuestra voz parece distinta...
> Cyrano: Dejad que esta brisa,
> sin papel y sin tinta,
> nos haga hablar sin prisa.
> Roxana: ¿Sin vernos?
> Cyrano: Vos veis la brasa
> de un corazón que pasa,
> yo veo el vuelo
> de un vestido ligero.
> Soy una sombra,

vos sois un lucero.
La noche me protege
y me atrevo a ser sincero.
Para el amor soy un hereje.
Roxana: ¿Un hereje?
Cyrano: Porque dudo del amor.
Porque temo que descubramos
que el profundo amor no existe,
y que cada palabra que digamos sea triste.

La verdad es que los versos estaban cargaditos de ripios, de rimas inoportunas y de tópicos; pero, aun así, cuando Candi y Vélez ensayaban esa escena, todos dejábamos de hacer lo que estuviéramos haciendo y nos acercábamos para escuchar mejor, a pesar de la torpeza del texto que yo había pergeñado. La magia del teatro se había apoderado de nosotros, la magia anidaba en la voz profunda de Cyrano, en la ternura y en la inteligencia de Roxana... Y también en las habilidades de carpintería y electrónica del señor Juan, en las notas abigarradas de mi cuaderno y en las bufonadas de Roberto, de Juanito y de Tomás. Será un éxito, pensábamos, nos aplaudirán a rabiar, se quedarán tan asombrados, tan conmovidos... No sospechábamos que una traición inesperada estaba a punto de dejarnos al borde del precipicio.

TERCER ACTO
TRAICIÓN Y RESCATE

Rollers. Se me daban mal los deportes, la clase semanal de Educación Física era un tormento para mí, especialmente si el profesor anunciaba que jugaríamos al básquet o al béisbol. Podía soportar los estiramientos, las flexiones y la carrera continua, pero me desesperaban esas rutinas en las que nos poníamos en corro o en fila india. «¡Pase de pecho!», gritaba el profesor, y los balones volaban. «¡Pase picado!», y el proyectil, irremediablemente, acababa impactando en mi cara. El dolor era intenso, y también la carcajada que sonaba a mis espaldas, aunque eso me permitiera abandonar la formación y tomar el sol durante el resto de la clase. A veces, el profesor se compadecía y dejaba que Claudia se sentara a mi lado, por si me mareaba. Era fabuloso ese momento, las dos sentadas sin nada que hacer, observando los juegos y las risas de los demás, como dos aristócratas o dos vagabundas. Pasaba lo mismo cuando tenías la regla, o cuando te inventabas que la tenías por segunda vez en un mes para evitar la furia de un campeonato de balón prisionero, modalidad rey de pista.

Seguro que el deporte es formidable para la mente y para el espíritu, seguro que estimula la producción de endorfinas y favorece la socialización entre iguales, no lo niego. Pero hay gente que no sirve para eso, y yo formo parte de esa gente, no puedo evitarlo. Además, tampoco me interesa tanto la socialización. No es que sea una ermitaña ni una *otaku* japonesa, no deseo vivir en un palacio de hielo ni en una madriguera de *gamer*. Amo a mis amigos, quiero que vengan a visitarme y salir con ellos, bailar, reírme, olvidarme de todo; y, sin embargo, el mundo me cansa («Esta carne, harta de mundo»), me cansan las personas amables y encantadoras, me cansan las personas perfectas, estupendas, saludables y deportistas que se divierten haciendo cualquier cosa que suponga mover los brazos y las piernas con cierta coordinación.

A pesar de todo, había un deporte que no se me daba tan mal, milagrosamente. Era bastante buena patinando con los *rollers,* y además me encantaba, me recargaba de energía y vitalidad. Debe de ser eso lo que sienten quienes juegan al fútbol o se trituran en los gimnasios. Me gustaba calzarme las botas y deslizarme por las losas del paseo marítimo, me hacía sentir tan elegante como una bailarina de piernas larguísimas.

Ese año, el Año de la Gran Nariz, solía recoger a Claudia a la salida del conservatorio y nos íbamos juntas a patinar, libres y felices, como animalitos. Claudia era mejor que yo en casi todo (en los estudios, en la manera de hablar, en las bromas ingeniosas), e indudablemente era mucho más bonita, la Beatrice de Dante, Fleur Delacour (esposa de Bill Weasley), una monada, una de esas chicas de estilo francés que se cortan el pelo como un muchacho y de pronto te parece el corte más favorecedor del mundo, y reúnes fuerzas, vas a la peluquería, y al salir quieres que se abra una zanja en la tierra y te trague; es imposible tener más cara de tonta que la que tú tienes con ese pelito, chavala.

Sí, por supuesto: Claudia era mejor que yo en casi todo. Menos patinando. Y esa rara habilidad por mi parte, esa ventaja sin sentido me proporcionaba una enorme felicidad, ligeramente marcada por un poquito de orgullo. Cuando pienso en este tiempo, en el tiempo del final de la infancia y del comienzo de lo nuevo, siempre regresan al visor de mi cabeza las imágenes de Claudia y yo zigzagueando entre los paseantes como si jugáramos a *Mario Bros.*, la estrellita de inmunidad titilando sobre mi cabeza, y sonrío.

Éramos las mejores amigas, nos contábamos todas las cosas, no teníamos secretos la una con la otra; por eso sentí tanta rabia cuando descubrí que Claudia no había sido honesta conmigo, cuando supe que, durante semanas, tal vez durante meses, se había adentrado en un mundo propio, un mundo que no tenía ninguna rendija por la que yo pudiera colarme, ningún asidero.

Y me sentí herida por su menosprecio, por esa falta de confianza.

Luego me di cuenta de que todos guardamos secretos, y de que no existen ni transparencia ni verdadera comunicación entre dos almas libres e iguales, como yo creía entonces. Nadie traiciona a nadie si levanta muros de pudor, de intimidad o de pura vergüenza; tan solo sigue su camino. En el fondo, cada uno de nosotros es un lobo solitario.

Un día, a la salida del conservatorio, Claudia bajó las escaleras riéndose con un chico, y la complicidad era tan evidente que era fácil adivinar lo que ocurría entre ellos. Cuando me vio allí parada, con mis patines en la espalda, se ruborizó, como si la hubiera sorprendido en un acto flagrante. Me dijo que no podía ir a patinar, me pidió perdón por no haberme avisado, y lo dijo de esa manera desenvuelta con la que lo diría la protagonista de una serie americana, como si estuviéramos en las calles de Nueva York y ella llevara un vestido muy caro y se cruzara conmigo, que iba en mallas y camiseta, «Lo siento, querida, he quedado con un amigo».

Abrazada a mis patines, le dije que no pasaba nada, que lo dejábamos para otro día, y nos despedimos. Se marcharon juntos, triunfantes. Claudia y ese chico. Yo, abandonada. Recordé una canción viejísima de Françoise Hardy que habíamos escuchado el año pasado en Francés, «*Tous les garçons et les filles de mon âge / se promènent dans la rue deux par deux*», todos los chicas y las chicas de mi edad pasean por la calle de dos en dos... «*Oui mais moi, je vais seule, / car personne ne m'aime*», pero yo voy sola, sin nadie que me quiera...

Qué podía hacer. Si volvía a casa tan pronto, mi madre me preguntaría qué había ocurrido, y yo no sabría qué decir, los ojos comenzarían a picarme, rompería a llorar sin consuelo, mi madre me abrazaría, «¿Qué te pasa?», y lloraría con más fuerza porque, cuando sufres por cualquier cosa indefinida, no hay nada peor que te pregunten «¿Qué te pasa?».

Tan enamorados. El chico con el que salía Claudia, después lo supe, se llamaba Manu. Era alumno de segundo de bachillerato en el mismo instituto que nosotras, por eso me sonaba su cara. Se conocieron en las clases del conservatorio, Claudia estudiaba piano desde que era pequeña. Parecía simpático ese Manu, al menos fue mi primera impresión cuando los vi salir juntos del viejo edificio, bromeando. Por supuesto, yo no tenía nada que objetar si a Claudia le gustaba, si flirteaban o incluso si se hacían novios. Debía comportarme como una buena amiga, y alegrarme por ella, celebrar el romance. Sin embargo, aquella tarde me sentí tan abandonada y tan sola que fui corriendo al paseo marítimo, me calcé los *rollers* y patiné con rabia, secándome las lágrimas para borrar la imagen de ellos dos en mi cabeza.

Una imagen de jovialidad y de enamoramiento que hacía daño.

Dos chicos tan sublimes, tan distintos a mí, bajando las escaleras del conservatorio como si bajaran las escaleras del Sacré-Cœur, en París.

Dos chicos tan hermosos, tan adultos y tan enamorados.

Y mientras tanto las muñecas Nancy mirando al infinito en mi cuarto.

Ya cerca de los embarcaderos, al final del paseo, me crucé con un niño que estaba aprendiendo a montar en bici. Yo volaba con los patines, movía los brazos como una esquiadora para incrementar la velocidad, en cada curva me agachaba como si estuviera en un velódromo. De pronto vi a ese niñito a unos metros de mí, vi su casco, su bici de Batman, sus ruedines. Demasiado cerca como para frenar o para esquivarlo.

Hice lo único que podía hacer, clavar los tacos, derrapar y tirarme al suelo con una proeza de atleta, arrastrando la pierna derecha sobre las losas. Mi muslo izquierdo fue la superficie de frenado. Llevaba unas mallas azules, mis favoritas, que quedaron destrozadas.

Enseguida acudió corriendo el padre del niño, me ayudó a levantarme y me preguntó si me encontraba bien. Otras personas se arremolinaron, la caída debió de ser escandalosa. Estaba un poco mareada y la pierna me ardía, pero el sentimiento de vergüenza, como siempre, era más intenso que ningún otro, así que me levanté, me quité los patines y me fui a casa.

En realidad, tuve suerte: esas heridas fueron mi mejor tapadera, la excusa perfecta para llorar y desahogarme en el regazo de mamá sin tener que confesar la causa de mi melancolía.

Se besaban. Claudia ya no bajaba a la pradera con nosotras, cuando sonaba el timbre recogía sus cosas y esperaba a que apareciera Manu, y se iban juntos a una esquina del patio, charlaban, se reían, se besaban. María no dejaba de espiarlos; Manu le parecía un chico muy guapo, y eso hacía que yo me enfureciera aún más, que me resultara insufrible la escenita. La idea de que alguien se enamorara de alguien y renunciara a la mitad de su vida me parecía una estupidez, una esclavitud autoimpuesta. Supongo que no fui capaz de aceptar que mi mejor amiga se fuera con un desconocido. No soportaba perderla.

En clase, Claudia parecía distraída, se olvidaba de tomar apuntes, ya no participaba en los debates y en las discusiones, y comenzó a tener problemas con las notas, como si nada le importara. Para colmo, dejó de venir a los ensayos, siempre tenía algo mejor que hacer. Habríamos esperado que fueran Roberto y Tomás quienes se escaquearan, pero nunca pensamos que la Hermandad acabaría haciendo aguas por el flanco de Claudia, que era todo tenacidad, esfuerzo y constancia. A Connor se lo llevaban los demonios, le parecía una traición, una felonía, no dejaba de criticar a ese tío que había secuestrado a Rosalina, ese tío que nos miraba por encima del hombro, como si fuéramos críos jugando con un teatrillo de marionetas. Sin conocerlo, Connor lo aborrecía, se le ocurrían contra él los insultos más ingeniosos. Es el amor frustrado, pensé, es el despecho. En el *Trecento* italiano o en el Siglo de Oro de Garcilaso, Connor habría sido un sonetista obsesionado con la hermosura de la divina Claudia, la dama del cabello de oro y la tez de armiño que pasea del brazo de un pisaverde...

Por supuesto, no volvimos a patinar juntas, y yo no tuve fuerzas para hacerlo sola. Cada vez que veía los *rollers* en el armario, como niños castigados, sentía que se me cerraba la garganta, y me encerraba en el baño para que mis padres no me vieran llorar.

Y a pesar de verme tan abatida, las Nancy, insensibles, no me ofrecieron ni una pizca de cariño.

Transformaciones. Quizá el cambio más llamativo fue su aspecto. Comenzó a maquillarse y a vestirse como si quisiera parecer mayor, a llevar blusas y pantalones que no sospeché que pudiera tener en su armario, esos pantalones que te obligan a ponerte para ir a una comunión. Cualquiera que la conociera sabía que solía ir en camiseta y vaqueros, que odiaba la cursilería, la exageración y la impostura. Esas transformaciones contenían un mensaje muy agudo, metamorfosis del alma libérrima de Claudia, y bastaba con fijarse en Manu para entenderlo.

Era guapo, sí, María tenía razón en eso. La barbilla cuadrada, los ojos azules, el gesto serio, de profunda concentración, un Clark Kent sin alma, un Cedric Diggory en el Torneo de los Tres Magos... Decían que era buen estudiante, y un virtuoso del piano, un tío formal, responsable, con un brillante expediente académico. Quería estudiar Medicina, como sus padres, seguro que se convertiría en un cirujano de prestigio, imbatible. Ambicioso, flemático, daba la impresión de que la juventud ya le sobraba, como si fuera una pérdida de tiempo, el capítulo que necesariamente hay que superar para alcanzar la médula, la matriz, lo importante.

¿Y Claudia? ¿Cómo encajaba ella en ese mundo? ¿Qué lugar podría ocupar al lado de un chaval que no concebía que la partitura pudiera tener una interpretación distinta de la que él ejecutaba? Sobrevino el cataclismo: llegó el boletín de notas del segundo trimestre, y suspendió dos asignaturas, después de haber fallado en los exámenes de repesca. Sus padres no entendían nada, necesitaban saber qué le ocurría a su hija, siempre tan estudiosa y tan brillante. Yo conocía a Marta y a Luis desde siempre, había almorzado con ellos infinidad de veces, incluso habíamos viajado juntos durante unas vacaciones; me querían como si fuera parte de la familia. Llamaron a mi casa para pedirme ayuda, a espaldas de su hija, que se encerraba en su cuarto y apenas les dirigía la palabra, y que se negaba a dar explicaciones cuando le preguntaban con quién andaba, adónde iba, qué le pasaba. No supe qué decirles.

Primero vinieron las medias verdades, luego las mentiras. De lunes a viernes, lograban regatear las discusiones, pero cuando llegaba el fin de semana la guerra comenzaba, una guerra cruenta que iba minando sus energías. Claudia quería dormir en casa de Manu, yo conocía bien a Luis y a Marta, y sabía que no eran unos padres autoritarios ni conservadores, para nada, pero también sabía que aquella relación no les hacía ninguna gracia. Y no porque el chico fuera un poco mayor o porque tuviera un carácter agrio, sino porque ella no era feliz, y porque no tenía edad para esa clase de noviazgos.

—¿Qué le ocurre a Claudia? Tú eres su mejor amiga —me dijeron—, tienes que saber algo...

Su mejor amiga. Cómo podría contestar a semejante pregunta.

Cómo confesar que aquel chico me daba mala espina.

Cómo contarles que había dejado de reunirse con nosotros en la pradera, que se enfrentó crudamente con el propio Connor cuando le reprochó que faltara a tantos ensayos... Cómo decirles que yo también echaba de menos a la antigua Claudia, pero que no podía interponerme entre ella y su enamorado porque, si le decía cualquier cosa, no conseguiría más que fortalecer el ideal de un romance prohibido.

Hay veces que estas cosas no se descubren hasta que pasan los años. Dos chicos se hacen novios, se van a vivir juntos, quizá tengan hijos, una casa, un trabajo, y al cabo del tiempo se dan cuenta de que no son felices, de que el enamoramiento ya desapareció, y el resto no es suficiente. Miras a esa persona que duerme a tu lado y descubres que ya no la reconoces, no hay manera de encontrar en él al chico que te besó por primera vez en una noche de verano.

Escapismo. Para Roberto el final del trimestre también significaba malas noticias, el boletín era una sentencia de ajusticiamiento... Tomás y Juanito, más espabilados, consiguieron salvar los muebles, pero el caso de Roberto nos llenó de preocupación. Había suspendido demasiadas asignaturas y el bachillerato era cosa seria, ya no servían las estrategias de escapismo con las que, mejor o peor, lograba escurrirse en los años anteriores. Sus padres montaron en cólera al ver los resultados y le prohibieron que siguiera perdiendo el tiempo. Demasiados ensayos, demasiadas pamplinas, ¡hasta aquí hemos llegado!, ya podía olvidarse del teatro, del fútbol, de la consola y de la calle, no iban a permitir que su hijo hiciera el imbécil cuando hacían falta tantas manos para ayudar en el invernadero del que vivía la familia... «¡Con tu edad yo ya tenía callos en las manos de trabajar en el campo!», le decían.

Ultimátum tajante: los padres de Roberto eran muy estrictos, gente trabajadora que creía en el mérito y en el esfuerzo, y que odiaba la flojera y la frivolidad. Como buen mosquetero, Roberto se plantó delante de ellos y dijo que no pensaba dejar el teatro, ¡por encima de su cadáver! Se había comprometido a participar en la obra, había hecho un juramento de nariz, y no faltaría a su palabra de mosquetero.

—*Over my dead cold body* —puntuó Connor—. Queda mejor en inglés. Sobre mi frío cadáver...

—¿Y qué te dijeron? —pregunté, asombrada de que alguien se enfrentara de esa manera a sus propios padres.

—No fue *exactamente* lo que dijeron sino... Digamos que fue *cómo* lo dijeron... ¡Pero no importa! ¡Lignière resistirá! ¿Cuándo es el próximo ensayo? ¿Qué escena me toca?

—El jueves —contesté, mirando el cuaderno de notas que utilizaba como diario—, seguimos estancados en la quinta.

—¿Salgo yo?

—Sí, Tomás, Vélez y tú. Justo después del duelo con el marqués...

—Espera, me lo sé... Connor, haz un poco de Le Bret, y tú de Cyrano, Velia...

Le Bret: Estos gestos exagerados acabarán contigo.
Cyrano: No les temo a mis enemigos.

Lignière: ¿Y a qué le teme Cyrano?
Cyrano: Le temo... al ridículo. Y al amor...
Lignière: ¿Cyrano enamorado? ¿Y quién es la dama?
Cyrano: La más hermosa.
Le Bret: Roxana... ¡Díselo! ¡Hoy te has cubierto de gloria!
Cyrano: Amigo mío, mira bien esta nariz, que cuando yo llego hace un cuarto de hora que ha llegado. El otro día estuve a punto de declararme, y me arrepentí cuando vi la sombra de mi perfil en el muro de su jardín.

Roberto había asumido el código caballeresco, y había entendido a la perfección la enseñanza de Lupe: no hay personajes pequeños, puedes brillar y conquistar al público con dos líneas si las dices con la cadencia y la entonación adecuadas, si te concentras en quién eres y qué quieres conseguir. Inesperadamente, nuestro colega había caído en el encantamiento del teatro, y sus padres tendrían que aceptarlo.

Y yo, que me creía tan lista y tan apasionada, lo miraba y me preguntaba si sería capaz de pelear con la misma rotundidad. Si sería capaz de pelear por Claudia, por ejemplo, asumiendo el riesgo de perderla para siempre.

Rugosidades. A pesar de las ausencias y de la tristeza, la obra avanzaba, contra viento y marea. Los ensayos de los viernes eran cada vez más productivos. Lupe dejaba que tomáramos casi todas las decisiones pero sutilmente iba sugiriendo diferentes cambios en las marcas y en los movimientos, para que nuestras palabras se entendieran con claridad y no diéramos la espalda al público.

—Los hombros en paralelo al escenario. Despacio, siempre hay que hablar despacio —decía Lupe—. Olvidaos de lo que dice el texto, no hace falta que repitáis palabra por palabra. El público no tiene delante el guion para comprobar si os habéis saltado una línea. No seáis robots, pensad en lo que estáis diciendo. Lignière presume de su amistad con Cyrano, Christian no se atreve a hablar de amor, Le Bret no quiere problemas, Roxana ama la belleza y la poesía, a la nodriza solo le preocupan los rumores, De Guiche no soporta el protagonismo de su rival... Recordad quiénes son vuestros personajes, cuáles son sus deseos. ¿Cómo es tu Cyrano, Vélez? ¿Ya lo has descubierto?

—Es... es un poco chulo... pero detrás de esa chulería hay vergüenza y... hay dolor.

—Tienes que seguir reflexionando. Cyrano es un personaje universal, un héroe legendario, y eso significa que debe de tener una personalidad compleja, llena de rugosidades... Durante doscientos años, miles de actores se han puesto en la piel de Cyrano, y ahora tú formas parte de esa familia. Imagina que tu personaje es un baúl, un gran baúl que te dejaron en herencia, y dentro de él tus antepasados depositaron parte de sí mismos para que...

—¡Como un *Horrocrux*!

—No sé lo que es eso...

—No importa...

—Concéntrate y piensa en ese baúl. ¿Cuál será tu aportación, Vélez? ¿Qué dejarás en el baúl de Cyrano a los que vengan detrás de ti?

Miles gloriosus. Los chicos estaban entusiasmados con los ensayos, cuidaban sus espadas como grandes tesoros y se encerraban en el pabellón para practicar. Es verdad que las hojas no tenían filo, pero a veces ocurrían accidentes. Un día vimos aparecer a Connor con la mano vendada.
—Estuve practicando con Cyrano y, bueno, quise hacer una finta, calculé mal la distancia... —dijo, presumiendo como *Miles gloriosus*, el soldado fanfarrón de la obra de Plauto.
—Apenas le rocé... —repuso Vélez.
—La herida es profunda, pero no ha llegado al hueso... —siguió fardando Connor.
—Si acaso le levanté un poquito de piel...
—No os preocupéis, chicas. De Guiche ha luchado contra enemigos más fieros. En Montpelier, dirigiendo una carga de caballería, estuve a punto de perder el brazo...
—Connor —dijo María—, esta obra te está afectando... Estás más loco que antes.
—¿Obra? ¿Qué obra? No se trata de ninguna obra, querido Montfleury. ¡Se trata de la vida!
—Uf, Connor...

No pareces la misma. No mentía Tomás: su primo Alberto era un flipado de las armas y las batallas históricas. Tenía decenas de espadas de diferentes épocas y participaba en exhibiciones, pasacalles y ferias medievales. Como era sábado y el instituto estaba cerrado, quedamos con él en la playa de las dunas, buscando un espacio abierto donde entrenar sin demasiados curiosos. Nos explicó las distintas partes de la espada ropera (el tercio débil, la espiga, el ramal, la taza...), y allí mismo nos dio una clase magistral de guardia, ataque y parada. Roberto y Tomás se licuaban de emoción épica, escuchaban las lecciones del profesor con una atención que nunca habían demostrado para ninguna otra cosa, y mientras tanto yo iba haciendo dibujos y tomando notas en mi cuaderno para incorporar los nuevos movimientos al guion escénico.

Durante el segundo acto, el personaje de Claudia, la mosquetera Rosalina, libraba un breve combate con Lignière, que intentaba arrebatarle las cartas. Aquella escena era crucial para el desarrollo de la acción, Rosalina debía desarmar y humillar a Lignière con un par de estocadas fulminantes. Le insistimos para que no faltara a la clase magistral del primo de Tomás, temíamos que no viniera y no sabíamos convencerla. Al final sí vino, aunque llegó muy tarde, provocando la inquietud y el malhumor de Connor. Fue extraño verla aparecer por la pasarela de madera que llevaba a la playa, como un espectro del pasado. Parecía absorta, sin ganas, obligada.

Cuando la sesión terminó y ya recogíamos las cosas para marcharnos, me acerqué a ella, amistosa. Por el camino hablamos de exámenes, de tareas, de asuntos intrascendentes que no provocaran ningún roce, aunque las dos sabíamos que la sombra de Manu sobrevolaba la conversación. Le dije que podía venir a mi casa para que la ayudara con el Latín, una de las asignaturas que había suspendido y de la que se aproximaba un nuevo examen.

—Gracias, pero he quedado con Manu. Vamos a comer juntos.

—No hace falta que sea hoy. Cualquier otro día...

—Estoy muy liada, Velia. Los ensayos, el conservatorio...

—Hace tiempo que no hablamos.

—Ahora estamos hablando, ¿no?

—No me refiero a eso.

—¿A qué te refieres, entonces? ¿De qué quieres que hablemos?

—No sé... De todo. Y de nada en particular...

—De todo y de nada —repitió con ironía.

—Claudia —me atreví—, ¿qué te pasa?

—¿Que qué me pasa? ¿Tú también vas a empezar con lo mismo, como mis padres? A mí no me pasa nada. ¿Qué te pasa a ti? ¿Y a María, y a Connor, y a los demás? ¿Qué nos pasa a todos?

—No pareces la misma desde que...

—¿Desde cuándo? Venga, termina la frase. ¿No te atreves? ¿Desde que salgo con Manu?

—Sí, quizá... Pero no digo que...

—Todos cambiamos, Velia. Nos hacemos mayores.

—Hablas como si de pronto tuvieras cuarenta años, y solo...

—Y tú hablas como si siguieras siendo una niña pequeña.

Un país extranjero. Conseguí aguantar las lágrimas hasta que llegué a casa, apretando los puños dentro de los bolsillos y conjurándome para no parecer una loca en mitad de la calle, pero al cerrar la puerta corrí a mi cuarto, encerré a todas las Nancy en el armario y me eché a llorar. Mis padres habían salido a almorzar con unos amigos, estarían fuera toda la tarde. En otras circunstancias, habría agradecido el raro privilegio de quedarme sola durante tantas horas, adueñándome del sofá y viendo series en la TV sin concesiones, como si fuera una estudiante universitaria en un piso de alquiler. Pero aquel día, justo aquel día en el que las palabras de Claudia habían estallado dentro de mi cabeza, habría preferido que mamá estuviera a mi lado, que entrara en mi cuarto al oír los sofocos de la llantina, que se hubiera acurrucado junto a mí y me hubiera obligado, con mimos y caricias, a contarle por qué lloraba. Mis lágrimas caían en el desierto de una casa abandonada, sin consuelo y sin testigos. Como en un país extranjero.

Entonces alguien llamó al timbre. El zumbido me sobresaltó, me sequé la cara con el dorso de la mano y bajé las escaleras apresuradamente, convencida de que sería Claudia, la linda Claudia, mi mejor amiga desde siempre, arrepentida por todo lo que había dicho mientras subíamos la pasarela. «Perdóname, Velia», diría, «No quise hacerte daño...», y yo la perdonaría, nos abrazaríamos, restañaríamos las heridas y volveríamos a ser las de antes.

Me arreglé el pelo, suspiré, abrí la puerta.

Y allí, recostado en el umbral, como un actor de cine, como Harry cuando acude al rescate de Ginny en *La cámara secreta*, apareció mi amigo Connor Ramsday.

—Os he visto discutir... No es que estuviera espiando pero... Tampoco quiero entrometerme... Pensé que... Bueno, no sé cómo decirlo...

—No digas nada, Connor.

Y nos abrazamos. Había algo arbóreo en su figura, tan delgado, tan alto, tan huesudo. Podía sentir su corazón latiendo a través de la ropa.

La llave de mis padres. Connor llamó a su casa para preguntar si podía quedarse a comer. Compartimos la lasaña que mi padre tradicionalmente preparaba cada sábado, incluso aunque ese día comieran fuera, y que había dejado en el horno. A pesar de estar tan canijo como Slenderman (los brazos igual de largos), Connor comía como un vikingo en Valhalla. Mis padres refunfuñarían cuando llegaran y vieran que solo quedaban unas migajas; para ellos suponía un gran placer sentarse a ver una peli, ya de noche, devorando las sobras de la lasaña recalentada, con el cuajo de la bechamel y el queso crujiente...

Qué buen tío, Connor. Dejó que me desahogara en su hombro sin soliviantarme ni pasarse de listo, sin atosigarme con preguntas e indiscreciones. Connor no era de esas personas que te ven con un problema y deciden que hay que darle vueltas, analizarlo, desmenuzarlo, hacerlo papilla. Y también a ti, por tanto. Vélez, en cambio, era un poco así, y no digo que lo hiciera con mala intención, hay quien prefiere la cirugía directa e invasiva, y hay quien piensa que es mejor atacar los síntomas. Los primeros te ven llorar y no descansan hasta que explicas la causa, razonas los motivos y acotas las soluciones. Los segundos intentan hacerte reír para que se te pase. Connor era de los segundos. Y le funcionaba la táctica.

Creo que fui yo quien la mencionó, casi accidentalmente, al final de la tarde. Connor dijo que no le gustaba ese tío, el tal Manu, que no se fiaba.

—¿A qué te refieres? —pregunté.

—Los oí hablar el otro día... Claudia le decía que habíamos quedado para ensayar, y el tipo puso una cara... Como si fuera una estupidez.

—No hay que meterse en cosas de novios...

—No estoy de acuerdo, Velia. Claro que hay que meterse. No digo que haya que decirle que es un capullo, aunque lo sea, pero nosotros sabemos quién es Claudia, y también sabemos quién no es.

Hubo una larga pausa. No sé cómo me atreví a decirle lo siguiente:

—A ti ella te gustaba, ¿no? Siempre te ha gustado. En el cole no dejabas de escribirle notitas y poemas de San Valentín, te ponías furioso cuando nos dividían en grupos y ella no estaba en tu mesa.

—Eso no es verdad...

—¡Claro que lo es! Me acuerdo de una vez que teníamos que hacer un trabajo de Ciencias y te pusieron conmigo, con Miguel y con alguien más... Nuestro grupo tenía que hablar de los cetáceos, al de Claudia le habían tocado los felinos, y te enfadaste porque decías que los felinos eran tus animales favoritos, que no era justo... Debió de ser en quinto o así, y pillaste una rabieta de preescolar...

—No me acuerdo de eso...

—Yo sí, porque me dio mucha pena que no quisieras estar conmigo.

—¿Sabes una cosa? —dijo—. Que ya no me gustan los felinos.

—Ah, ¿no?

—Para nada. Los felinos son intrigantes, y sospechosos. No van de frente. Prefiero los cetáceos. Más inteligentes. Más libres. Más humanos. Tú eres cetáceo, Velia.

Eso dijo, como si tuviera la frase apuntada en una libreta, lista para soltarla en el momento oportuno, y me miró de la misma manera que aquella vez en la pradera, después del examen de Filosofía. Yo era una novata que no sabía nada de chicos, de sus deseos, de su forma de tomarse las cosas. Los libros me habían adiestrado en un tipo de relación que no existía en la vida real, y aquella proximidad me desconcertaba, los ojos glaucos de Connor fijos en los míos, esperando una respuesta.

La fortuna quiso que el sonido de las llaves de mis padres acudiera al rescate, como una campana de advertencia. Cuántas veces, en cualquier lugar del mundo, ese sonido habrá interrumpido los besos, las confesiones y las lágrimas de un par de muchachos que apenas reúnen fuerzas para hacer lo indebido...

—¡Connor, qué sorpresa! —dijo mi madre—. ¡Y nosotros preocupados porque Velita estaba sola!

—¡Mamá! ¡No me llames Velita!
—Ya me iba, se hace tarde —interrumpió Connor—. La lasaña estaba buenísima, señor. Adiós, Velia, nos vemos el lunes.

—¿La lasaña? ¡No te habrás comido toda mi lasaña, bribón! —protestó mi padre con amargura mientras Connor ya se marchaba, como si lo hubieran sorprendido en una trastada.

Me asomé a la ventana y lo vi caminando de esa manera destartalada, los brazos tan largos que parecía que rozaban el suelo, los rizos caóticos, su aspecto estrafalario. Mi amigo Connor. Mi buen amigo Connorcetáceo, alejándose hacia el fondo del océano.

Un pacto. Faltaban tres semanas para el estreno y aún no teníamos decorado, ni vestuario, ni luces, ni sonido, ¡nada! Nos acercábamos al precipicio con las manos vacías, a duras penas habíamos conseguido memorizar el texto y fijar las entradas y salidas de cada escena, el guion estaba lleno de apéndices y modificaciones, lo habíamos leído y repasado cien veces pero no era suficiente. Tres semanas, tictac. El viernes, durante la puesta en común semanal, supliqué que aplazáramos el estreno para evitar una catástrofe.

—¿Aplazarlo? Mala idea, Velia —dijo Lupe—. Los jefes cuentan con vuestro *Cyrano* para cerrar la semana cultural, estoy segura de que pondrían muchas objeciones si lo retrasamos. No querrán volver a cortar las clases por una obrita de teatro...

—¿Una *obrita*? ¡No es ninguna *obrita*! —protestó Connor.

—Debemos cumplir con los plazos, ese era el compromiso. Además, hay veces en que un exceso de ensayo puede ser tan perjudicial como lo contrario, se pierden la energía y la frescura del principio.

Miré a mi alrededor, buscando complicidad. A Connor, a Vélez y a Roberto, con esa bendita inconsciencia, no parecía importarles el advenimiento del fracaso, pero los demás éramos un poco más sensatos, o más miedicas.

—Hay que cancelarla —insistí—. No hay vestuario, ni decorado...

—Creo que mi madre —intervino Artur— terminará de coser en dos semanas, más o menos.

—De las luces se encarga mi padre —añadió Juanito—. Y del sonido. Ayer habló con un amigo que alquila equipos para bodas, y le dijo que le prestaría altavoces, micrófonos, de todo...

—Con los decorados —propuso Lupe— seguro que nos ayuda Sonsoles, la profe de Dibujo. Solo necesitamos un par de bastidores, algunos rollos de papel de embalar, pintura acrílica...

—¡Pero será un desastre! —grité, indignada ante aquellas muestras de optimismo—. ¡Tantos meses de trabajo para ponernos delante de un monigote de papel pintado, como en la fiesta de fin de curso de una guardería! ¡No se parecerá en nada a la Francia del siglo XVII! ¿De dónde vamos a sacar el patio de armas, la taberna, la habitación de Roxana...?

—No hace falta nada de eso...

—¡Sí que hace falta! Nadie se creerá que...

—Esto no funciona así, Velia. El teatro no es más que una convención, una mentira aceptada por las dos partes... Un acuerdo entre el espectador y la compañía: los actores *fingen* que están en un jardín y los espectadores *fingen* que se lo creen. Una silla de madera se convierte en un trono si el protagonista dice: «Aquí está el trono de Dinamarca». Es el pacto de la ficción. Piensa en las pelis de superhéroes, no tiene ningún sentido que un tío se enfade y se transforme en un gigante verde, ¿a que no?, pero tú te sientas en el cine y te lo crees durante un par de horas, porque decides entrar en el juego. En los anfiteatros de la antigua Grecia no había decorados ni vestuario. Si un personaje llevaba espada, era un soldado. Si llevaba corona, era un rey. Si el coro decía que el héroe acababa de llegar a las orillas de Corinto, entonces el proscenio se convertía en una playa de Corinto, sin más. Y lo mismo ocurría en el teatro de Plauto, de Lope, de Shakespeare, de Racine... ¿Crees que la compañía de Shakespeare se esforzaba por recrear Verona en *Romeo y Julieta*? ¿O Escocia en *Macbeth*? En absoluto. ¡Tenían un solo decorado que valía para todo! El vestuario de Romeo sería el mismo que el de Orsino, el de Otelo y el de Berowne. Los actores pagaban sus propios trajes, que eran carísimos, y créeme, preferían gastarse el dinero en cerveza antes que en un sastre... El realismo, Velia, la necesidad de que una obra «reproduzca» la época y el lugar, es una moda reciente, algo propio de finales del XIX, es decir, de anteayer, en términos históricos... Jugaremos a la manera antigua: para imaginar el París de los mosqueteros bastará con un par de muebles viejos y unos lienzos de papel pintado. Si tú eres capaz de creerte que por un rato serás la nodriza de una dama francesa, entonces los espectadores también lo harán. Y además, tenemos la música...

—¿Qué música? —preguntó María.

—Pensaba guardar la sorpresa para el último momento, pero allá va: hace un par de semanas Rebeca me preguntó qué tal iban los ensayos. Sabéis quién es Rebeca, ¿no? La profesora del primer ciclo... Le hablé de vosotros, le encantó la idea de la obra y se ofreció a componer unos arreglos que podrían interpretar algunos de sus alumnos, una pequeña orquesta, algo de percusión, teclado, violín, flauta travesera...

Connor no entendía qué tenía que ver todo aquello con el teatro, o tal vez temía que el talento de los músicos eclipsara el suyo propio.

—Será nuestra banda sonora —dijo Lupe, esgrimiendo el argumento definitivo para convencerlo—, como en una película. Tocarán alguna pieza en la obertura, sonará la percusión en los duelos, la flauta en el romance, los violines en el jardín...

—Entonces —interrumpió Connor—, ¿mi muerte tendrá música dramática de fondo?

—Muy dramática.

—¿Como en las películas?

—Mejor, porque será en directo.

—Voy a llorar de emoción.

—Le pasé una copia del texto, y dice que dentro de una semana tendrá listos los arreglos. Velia, saldrá bien. Confía en mí.

Versos. Duelos. Música. Vestuario. Papel pintado.

Mosqueteros. Nobles. Una dama. Una nodriza. Un héroe.

El amor. La envidia. El orgullo. Los malentendidos. El teatro.

Venga, Velia, me dije a mí misma. Basta ya de quejarte. Es magia, no tienes derecho a cuestionarla (algo así habría dicho el profesor Dumbledore). Si un niño que vive en el hueco de una escalera acaba siendo el mago más poderoso del mundo, por qué no podemos convertirnos nosotros en una auténtica compañía de teatro.

Por cortesía. Los días que siguieron fueron vibrantes, eléctricos, atómicos. Quedábamos por la tarde en el pabellón para perfilar los decorados, terminar de pintar el escenario y ensayar las escenas más difíciles. Candi nos apaciguaba cada vez que tomaba la palabra, con esa parsimonia oriental que provenía de ella, Tomás dirigía las clases de esgrima, María nos hacía reír con sus payasadas, y yo no me separaba del cuaderno de dirección, colocando a cada uno en su marca con la severidad de una profesora de ballet y dibujando líneas de puntos sobre el garabato de mis esquemas, para no olvidar ni un movimiento. A pesar de la cercanía del Día D y la Hora H, la compañía de la Sagrada Nariz se encontraba en pleno estado de felicidad incontrolada. Yo misma caí bajo el influjo del optimismo insensato que emanaba de mis colegas.

Recuerdo con emoción el día en el que Artur y su madre trajeron las ropas, ya sin hilvanes, dobladas y guardadas en grandes bolsas de viaje y separadas con pliegos de papel de seda, como si fueran paños de oro. Las guerreras de los mosqueteros, la casaca de De Guiche, el vestido de gala de Roxana, las ropas humildes de la nodriza... ¡Era un trabajo de costura formidable, el vestuario de una superproducción! Nos probamos los trajes en el lavabo del gimnasio, abrochándonos los corchetes, atándonos las cintas los unos a los otros, sin dejar de posar y de hacer el mono, y luego subimos al escenario como si la obra ya hubiera comenzado, y declamamos espantosamente nuestro texto, peor que nunca... En aquellos momentos te sentías capaz de todo, estabas deseando que el público llenara el pabellón, que sonaran los primeros compases de la orquesta, que Christian, Le Bret y Lignière aparecieran por la izquierda, discutiendo sobre la apuesta del insigne Cyrano...

Le Bret: ¡Lignière! Por fin te encuentro. ¿Has visto a Cyrano?
Lignière: Cyrano vendrá. Siempre cumple su palabra. ¿Quién es el caballero que te acompaña?
Le Bret: Un joven cadete, recién llegado al regimiento.
Christian: Christian de Neuvillette, a su servicio.
Lignière: Vaya, las damas de París ya tienen por quien suspirar...
Christian: ¿Y vos...?
Lignière: Solo soy un mal poeta.

Hubo que apretar un poco para que se aprendieran el papel, pero ya casi lo tenían: Roberto fanfarroneaba, Tomás le devolvía las líneas correctamente, incluso cuando se equivocaba, y el bueno de Artur no terminaba de soltarse. La vergüenza le impedía levantar la vista, aunque de alguna manera ese retraimiento encajaba con su personaje, el apocado Christian que no se atreve a hablarle de amor a Roxana... Funcionaba.

Solo había una sombra, un pellizco, y esa sombra era Claudia, que no se sabía el texto, que se olvidaba de su marca (y parecía hacerlo a propósito) y a quien cada día veíamos más áspera y más distante, como si fuéramos un incordio del que, por pura cortesía, no terminaba de desprenderse.

Lo que hubo de suceder fue una consecuencia natural de lo anterior. Una traición, una ofensa. Los tercios españoles que salen de encamisada, y rodean a los soldados gascones mientras duermen en sus tiendas.

Elfos de Lothlórien. Recta final, última semana de ensayos. Faltaba encajar los tiempos de la orquesta, terminar los decorados y ajustar las luces. La escena del jardín sería el momento cumbre de la obra, un remanso poético que reflejaría el dolor del protagonista. María propuso que añadiéramos una melodía de fondo, *Love of my life*; si Claudia la acompañaba al piano, ella misma podría cantarla en susurros mientras Cyrano dice...

«Un beso... La palabra es dulce.
Pero ¿qué es un beso?
Una promesa, un compromiso...».

La balada termina, la orquesta vuelve a tocar, suenan los últimos compases, Christian sube al balcón para recibir su premio, y Cyrano, en el jardín de los corazones rotos, se lamenta...

«Adiós, mi amor.
Amor perdido en los brazos de otro».

Sería perfecto, todos aplaudirían, cautivados por la emoción poética. La música cambia el perfil de las cosas, la música las hace intangibles y, a la vez, reales. Imagina a un tío conduciendo por una aburrida carretera, sin más, y ahora imagina a ese mismo tío pero añádele una melodía nostálgica, y tendrás al protagonista de un desamor, de una ruptura... Ocurrió lo mismo con nuestra pequeña obra de teatro. Allí andábamos, discutiendo, equivocándonos y rectificando cuando de pronto entraron los músicos en el pabellón, a cuestas con el teclado, los atriles y los estuches donde guardaban sus instrumentos como metralletas de viejos mafiosos. Parecían los elfos de Lothlórien que acuden al rescate durante la batalla del abismo de Helm, en *El Señor de los Anillos*, elfos tan formales, tan ordenados y tan exquisitos, a pesar de que alguno de ellos no tenía más de doce años, y aparentaba algo menos. Rebeca dispuso a su tropilla infantil cerca del escenario, se dirigió a mí con una sonrisa y dijo:

—Empezamos desde el principio, ¿no, directora?

Directora... ¿Se refería a mí? Era una broma, ¿no?

El tema principal de la obertura arrancaba con un movimiento solemne, como si tú mismo abrieras las puertas de un palacio y los mayordomos te hicieran reverencias, y luego continuaba con un contrapunto de cuerda muy veloz, como soldados que se lanzan al ataque.

Cuando sonaron los primeros compases, antes de que Le Bret y Lignière salieran a escena, sentimos que no cabía dentro de nosotros tanta emoción y tanta gratitud. La música llenaba los espacios que nosotros no alcanzábamos, hacía que nuestro trabajo fuera más profundo, también más divertido, más ágil. Cyrano desplegaba su discurso («No, gracias») y la música iba ganando intensidad, ascendiendo al mismo tiempo que el héroe alcanzaba la frase concluyente, luminosa...

«No pensar ni en el dinero ni en la fama...».

Y entonces llegaba la apoteosis en forma de violines. Yo ni siquiera sabía leer una partitura, supongo que nunca tuve buenos profesores o no puse demasiado interés, el lenguaje de la música siempre me pareció que estaba escrito para que no pudieras descifrarlo, necesitabas un código, unas claves secretas escondidas detrás de las runas del sí bemol, del fa sostenido, del silencio de blanca, de la semicorchea... Le di las gracias a Rebeca y a Lupe. Puede que se nos olvidara el texto o nos confundiéramos con las entradas y las salidas, pero ahora sabíamos que la música estaría allí para esconder nuestros errores.

Ese gesto. Cuatro días antes del estreno. Léelo bien: solo cuatro días antes. Los botones recosidos, la muerte de Cyrano ensayada mil veces, la música entrando en el momento preciso, los duelos coreografiados, las pruebas de maquillaje, el vestuario, los carteles, las luces, el sonido, los nervios en el estómago, el vértigo de la felicidad... En un intercambio, a mitad de una mañana, Claudia se acercó a mí y me llamó por mi nombre. Apenas habíamos cruzado alguna palabra durante las últimas semanas, la discusión en la pasarela de la playa había abierto una zanja insalvable entre nosotras. Me resultaba muy extraño que fuera vestida de esa manera impropia, otro disfraz, uno que no le encajaba tan bien como el de Rosalina. Si me la hubiera encontrado en los pasillos vestida con la casaca y las calzas de mosquetera, no me habría parecido tan raro como verla con aquella blusita blanca. Visiblemente incómoda, se plantó delante de mí y dijo a sangre fría:

—Velia, no voy a poder participar en la obra.

—¿Cómo dices...? ¿Que no qué...?

—Que no voy a participar, lo dejo.

—No puedes dejarlo.

—Claro que puedo. No es una obligación.

—¡Sí lo es! Faltan cuatro días, ya está todo preparado, el padre de Juanito va a montar los equipos, la madre de Artur lleva *meses* cosiendo, Rebeca ha preparado una música espectacular con los chicos de primero y segundo...

—Ya lo sé, Velia, yo también estaba contigo en los ensayos y...

—No, no estabas... No en *todos* los ensayos.

—Lo siento, de verdad, pero es que no puedo hacerlo... Hablaré con Rebeca y con Lupe para pedirles disculpas...

—¿Con Rebeca? ¿Con Lupe? ¿Y qué harás con nosotros, tus amigos de siempre? ¡Hemos ensayado durante horas, cientos de horas! ¡Meses!

—Ya te he dicho que lo siento. No dramatices, Velia, solo es una obra...

—¿Que no dramatice? ¿A qué viene esto? ¿Esta... puñalada?

—Soy libre de hacer lo que quiera, ¿no?, igual que tú, que al principio no querías participar. Pues mira, a mí ya no me apetece, eso es todo...

—¿Eso es todo? ¿No me apetece y ya está? ¿No es mi capricho y lo dejo? ¡Claudia, fuiste tú quien vino a mi casa para soliviantarme y que escribiéramos el guion...!

—No es verdad. El guion lo escribiste tú sola...

—¡... Y quien defendió delante de Lupe que sería una idea buenísima montar *Cyrano*! ¡Que te encantaba! ¡Que habías visto la peli! ¡Que qué emocionante, que qué divertida! ¡Todo salió de ti, Claudia, y ahora te rajas!

—Estás muy nerviosa, será mejor que hablemos de esto cuando te calmes.

—¡No estoy nerviosa! ¡Estoy furiosa contigo, y también con la chica en la que te has convertido de un día para otro! ¿A qué viene esta... traición? ¿Cómo eres capaz de dejar a tus verdaderos amigos en la estacada?

—Cálmate, por favor...

—Con calma, con mucha serenidad, te pido que me des una explicación. Creo que me lo merezco, después de tantos años juntas. No puedo obligarte a nada, pero...

Se mordió los labios, como solía hacer cuando buscaba las palabras adecuadas. Era un gesto seductor y reflexivo que repetía de manera inconsciente y que, a veces, yo imitaba sin darme cuenta, como tantas otras cosas que copiaba de ella, mi mejor amiga, mi compañera... Claudia, Claudia, Claudia, no me abandones en esto, te lo ruego...

—Manu dice que haremos el ridículo.

—¿Manu dice eso...?

—Un teatrillo, cosa de niños pequeños... *Pinocho*, no *Cyrano*. Y creo que tiene algo de razón... Harían falta más ensayos, más formalidad y... no sé, también otro público. Este instituto... ¿A quién le interesa el teatro de verdad? Y luego están esos tíos, Roberto, Tomás y Juanito... Acabarán fastidiándola, no son gente seria... Así no puede ser, Velia.

—Eso piensa Manu... Ya. ¿Y tú no tienes ideas propias? —le dije—. ¿O has decidido que es más cómodo que él piense por los dos?

Lo deja. Mandé un mensaje a la compañía diciendo que teníamos que vernos inmediatamente en la pradera, código rojo, emergencia nuclear. Acudieron enseguida, muy alarmados.

—¿Qué pasa, Velia?

—¿Qué era eso tan urgente?

—Claudia lo deja.

—¿Qué deja? —preguntó Connor, sin comprender lo que sucedía.

—Deja la obra. No va a participar. No hay Rosalina.

—Es una broma, ¿verdad? —dijo María—, tiene que ser una broma porque, si no lo es, a mí me va a entrar un ataque de pánico...

—Ojalá lo fuera. Dice que es cosa de niños eso de disfrazarse y hacer el tonto para que se rían de ti.

—¡Es una comedia! —gritó Connor—, ¡una comedia heroica! ¿Qué parte no ha entendido de eso, ella que es tan lista? ¡Claro que tienen que reírse! ¡Somos cómicos! ¡Cómicos de la lengua!

—Se dice «de la legua», pero ya da igual...

—Voy a hablar con ella ahora mismo, seguro que es un malentendido —dijo María.

—No te esfuerces, no hay marcha atrás. Manu le ha metido esa idea en la cabeza.

—¡Traidor! ¡Traidora! ¡Todos traidores! ¡Un sabotaje! ¡Un complot! ¡Un golpe de Estado! ¡Una conjura...!

—¡Para, Connor! ¡Me estás poniendo aún más nerviosa!

—¿Y qué vamos a hacer, Velia? Solo faltan... —dijo Roberto.

—Cuatro días. Nada. No podemos hacer nada. Hablaré con Lupe, y cancelaremos.

—¿Cancelar? Si está todo listo, si...

—*Over my dead cold body.*

—El personaje de Claudia es insustituible.

—Es un secundario —porfió Connor—, no se trata de Roxana, ni de Cyrano...

—Seguro que hay algo que podamos hacer, una solución de emergencia...

—Rosalina es la encargada de llevar las cartas de Christian —dije—, sin esas cartas no hay romance ni hay engaño; luego tiene el duelo con Lignière, y más adelante ayuda a Roxana en el desenlace... Es como..., es como una bisagra para unir a unos personajes con otros. No podemos hacer la obra sin ella.

—Y qué le voy a decir ahora a mi madre —dijo Artur, asumiendo el desastre y a punto de llorar.

—No sé, Artur, con todo el tiempo que le ha dedicado la pobre mujer, y para nada...

—Y qué le voy a decir yo a la mía —añadió Roberto—, cómo justifico los suspensos, el tiempo perdido... Se me acabaron las coartadas.

—Y a mi padre, que se pidió días libres en el trabajo...

—Y todo mi Cyrano...

—Y mi muerte dramática... Y las espadas.

—Tanto trabajo, tantas horas...

—Y los músicos. Y Sonsoles. Y Rebeca. Y Lupe...

—Qué vergüenza...

—No sé qué más deciros, chicos... —concluí—. Hablaré con Lupe antes de que lo haga Claudia —dije—. Creo que es mejor que sea yo quien se lo cuente.

Siempre acaba bien. Fui a buscarla a la sala de profesores. Me asomé discretamente (siempre me daba vergüenza sentirme observada por las decenas de profes que charlaban, cambiaban sus libros y se quejaban de nosotros durante ese breve interludio, como si fueran viejos cachalotes que salen a la superficie para tomar aire), y le pregunté si podíamos hablar un momento.

—No es tan grave —dijo cuando, entre lágrimas, se lo conté todo.

—¿Cómo que no es tan grave?

—Puede solucionarse. Estas cosas pasan muy a menudo.

—¿Pasa muy a menudo que una actriz abandona cuatro días antes del estreno?

—Y cosas peores, Velia. Había una famosa frase referente a eso, ¿cómo era? «El teatro es una sucesión de obstáculos que conduce a un inminente desastre»...

—Muy tranquilizador, justo lo que necesitaba escuchar.

—No he terminado: «... que conduce a un desastre, pero que siempre acaba bien».

—¿Y cómo es posible?

—Nadie lo sabe, es un misterio. El misterio del teatro. Duendes benignos, si quieres llamarlo así. Poleas que se atascan y giran en el último momento, actores que olvidan el texto y lo recuerdan al pisar el escenario, luces que se funden y reviven de pronto... Así funciona el teatro, desde siempre. Es absurdo, irreal, mágico... Emocionante.

—Pero tenemos que cancelar, Lupe, no hay forma de...

—Bastará con hacer unos pequeños cambios.

—¿Qué cambios?

—A ver... La nodriza aparece al principio, con Rosalina y Roxana, mientras actúa Montfleury, ¿no?

—Sí, en el palco.

—Bien, ahora tendrá que aparecer un poco más tarde. Le quitaremos algunas líneas de guion.

—¿Quitarle? Pero ¿por qué? Habría que rellenar los huecos que deja Rosalina y...

—No, Velia. No lo has entendido. Tú serás Rosalina.
Redoble de tambores.
Padabán.
—¿Yo?
—Claro. Te sabes el papel de memoria. De hecho, te sabes de memoria todos los papeles, te he visto dirigiendo los ensayos sin mirar el guion... Eres la única que puede hacerlo. Y además, encajas en el vestuario, Claudia y tú debéis de tener la misma talla. Rosalina es tu verdadero personaje. Rosalina eres tú, Velia, siempre fuiste tú. Reivindicativa, guerrera, rebelde, diferente a los demás, una pieza que no encaja pero que brilla rutilante... Por eso la inventaste.
—Yo no puedo hacer ese papel... Es demasiado difícil. Mucho texto, mucho movimiento, mucho protagonismo... ¡Y el duelo con Lignière!
—¿Vas a sacrificar la obra por eso? ¿Y de quién sería la responsabilidad entonces? ¿De quién sería la culpa? ¿De Claudia o de ti?
—¿Y la nodriza? ¿Qué hacemos con ella? ¿La borramos?
—María hará un doble papel. Primero aparece como Montfleury, luego se cambia en bambalinas y regresa como nodriza. Es algo muy frecuente en el teatro profesional, una actriz haciendo dos o más personajes para ahorrar gastos y esfuerzos. Podemos introducir una pequeña broma en el guion, si quieres, De Guiche comenta que hay un raro parecido entre Montfleury y la nodriza, por ejemplo...
—Eso no tendría ningún sentido.

—Recuerda el pacto de la ficción, Velia.
—Pero es que María no se sabe el papel de la nodriza... —protesté.
—Son muy pocas líneas, tú misma las has ido recortando astutamente...
—¿Entonces...?
—Todo está en tu mano, Velia. Como siempre. Como estuvo desde el principio. La obra gira a tu alrededor, eres la única pieza insustituible. Sin ti, no hay historia.
Pausa. Silencio tenso.
—¡No me mires así! Supongo que... que sí, que puedo hacerlo.
—Claro que puedes. Será mejor que te pruebes el uniforme hoy mismo, y que empieces a practicar con la espada, joven mosquetera. Le puedes pedir ayuda a Connor. O a Vélez... No hay tiempo que perder. Faltan...
—Cuatro días...
—Eso es. Cuatro días.
—Tictac.

Un beso. Mientras hablaba con Lupe, los demás esperaban en el pasillo, agazapados y amontonados como jugadores de rugby.
—¿Qué te ha dicho? —preguntó María.
—Que la obra sigue. Yo haré de Rosalina, y tú harás de nodriza. Es de locos.
Ovaciones. Silbidos.
—¿Yo de nodriza? ¿Y Montfleury?
—También. Luego te lo explico. Iré esta tarde a tu casa para arreglar el guion, tienes que probarte mi

delantal y mi vestido, hay que buscar la manera de hacer la transición rápidamente... Artur, pregúntale a tu madre si puede cambiar los corchetes por un velcro para agilizar el cambio de vestuario.
—Sin problema.
—Ay, Dios mío. Dos personajes... No puede ser...
—Será. Y saldrá bien, María. Vamos a salvar esta obra. Sin Claudia, todos juntos. Uno para todos, todos para uno, aunque lo diga D'Artagnan...
—Será un espanto...
—Lupe me ha dicho una frase sobre el teatro, algo así como que es una cadena de errores pero que luego sale bien.
—¿Por efecto de la magia?
—Algo parecido.
—Yo creo en la magia —dijo María—. Siempre he creído. Las hadas se mueren si no crees en ellas. No me miréis así, pensadlo. Es una frase muy profunda.
—Yo también creo en la magia —dijo Vélez, mirándome solo a mí.

Hacía tiempo que el timbre había sonado, las puertas de las aulas estaban cerradas y yo odiaba llegar tarde y tener que pedir permiso para entrar. Quise marcharme, pero Vélez me tomó del brazo.
—Espera, no te vayas.
—Es tardísimo.
—Quería decirte que has sido muy valiente. Aceptar el papel de Rosalina, cuando solo faltan...
—¡Cuatro días! ¡No sé por qué lo he hecho!
—Piensa en todo lo que tengo que aprenderme yo. Soy Cyrano, y la obra se llama *Cyrano*, no sé si te

has dado cuenta... Escribiste páginas enteras para mí, ¡como si me odiaras!

—No te odio. Al principio, quizá un poco. Pero aprecio a la gente que se atreve. Y tú lo has hecho, Vélez. Me voy, Lourdes no me dejará entrar si...

—Puedo ayudarte con tu Rosalina, compartimos alguna escena.

—Sí, cuál era...

Rosalina: Caballero, mi señora quiere hablar con vos.
Cyrano: ¿Roxana? Pero... ¿cómo?
Rosalina: Me pidió que le trajera esta nota. Y si me permite, quería deciros que estuvisteis formidable en el duelo con el petulante del marqués.
Cyrano: Gracias... ¿Cómo os llamáis?
Rosalina: Rosalina. Rosalina Rosignon.

—¡Te lo sabes! ¡Te lo sabes todo! ¡Tu parte y la mía! ¡Eres increíble! —exclamó Vélez—. Ahora solo tienes que encontrar la manera de decirlo...

—Ese rollo psicológico de Lupe, ¿no?

—Creo que es la clave, la verdad.

—Rosalina no quiere nada de Cyrano. Solo ha venido a entregarle una nota.

—No estoy de acuerdo. Rosalina acaba de asistir a la batallita en verso entre Cyrano y el marqués...

—Pobre Juanito, lo humillas...

—¡Siguiendo tu guion!

—Siguiendo la obra original, ahí no me invento nada. De hecho, deberías darme las gracias, suprimí mucho texto, el original era larguísimo. Oye, ¿qué hora es? Lourdes me va a matar, a ver qué excusa me invento...

—No vayas a clase.

—¿Cómo dices?

—Por una vez en tu vida, excepcionalmente, en contra de toda lógica y de tu propio carácter, sáltate la clase de pociones, Hermione Granger...

—No puedo hacer eso... Yo no...

—No hay nadie en el patio. Si salimos ahora, no nos verán. El pabellón siempre está abierto a mitad de la mañana. Podemos escabullirnos.

—Para un poco, yo no voy a escabullirme contigo... Yo no soy de escabullirme.

—Ensayaremos tu Rosalina. Hazlo por *Cyrano*.

—Ya hablas como Connor. Mezclando persona y personaje. Acabaremos todos locos.

—Me refería al título. Pero si quieres, hazlo también por mí.

Desafiando mis propias normas y vendiendo mi alma al diablo, salimos al patio y echamos a correr, como si nos observaran desde una torre de vigilancia, los reflectores barriendo la pista, un dóberman ladrando, dos soldados haciendo la ronda con pesados fusiles... Por suerte, como había adivinado Vélez, la puerta del pabellón se encontraba abierta de par en par.

—Es la primera vez que haces esto, ¿verdad? —se burló Vélez.

—¿Tanto se me nota?

—Tienes una cara de culpabilidad... Como cuando Ron y Harry se estrellan contra el Sauce Boxeador.

—No utilices Hogwarts para flirtear conmigo, Juan Vélez de El Alcor.
—¡Ey! ¡Ese no es mi apellido!
—Debería serlo...
En una esquina del pabellón había un pequeño grupo de tercero jugando al bádminton. Me quedé petrificada. Bastaba con que el profesor se diera la vuelta para que nos pillara en flagrante vulneración de...
—¡Por aquí! —dijo Vélez en un susurro.
Tomó mi mano, que entre las suyas parecía un pajarito herido, y me llevó apresuradamente hasta las bambalinas de nuestro propio escenario. Recordé la incursión con Connor, cuando nos colamos en el instituto para descubrir el secreto absurdamente magnificado del tatuaje de Lupe. Vélez sostenía mi mano de otra forma, con más firmeza y confianza.

Nos sentamos sobre las tablas del escenario, con las piernas cruzadas como los indios, detrás de las cortinas del telón de fondo. Nadie nos encontraría allí, a no ser que vinieran expresamente a buscarnos. Seguía sin creerme del todo lo que estaba sucediendo, ¿se puede saber qué hacíamos escondidos en ese rincón, como dos ladronzuelos, en lugar de estar traduciendo *Las Galias*? Para ahogar el remordimiento y sentir que no perdíamos el tiempo, le dije que siguiéramos ensayando la escena...

Cyrano: ¿Rosignon? Una vez tuve un buen amigo que se llamaba así. Cayó en el asedio de Arrás, en una carnicería promovida por Richelieu...
Rosalina: Mi señor, yo soy la hija de ese soldado.

Cyrano: ¿Su hija? Pero ¿cómo es posible...?
Rosalina: Apenas era una niña cuando fue enviado al frente. Él me enseñó a pelear, y antes de partir me dejó al cuidado de Roxana.
Cyrano: ¿Sabes pelear?
Rosalina: No como vos, pero apuesto que mejor que algunos cadetes.

—¿Ves? Te dije que no solo se trataba de una carta...
—¿A qué te refieres?
—De Guiche la había tratado con desprecio en la primera escena, ¿te acuerdas?, y sin embargo Cyrano le muestra respeto, le presta atención, se preocupa por ella... Eso define a los personajes.

De Guiche: ¿Una mujer que sabe pelear? ¡Es insólito!
Rosalina: Una mujer que no puede ir sola al teatro. Eso debería ser insólito.
De Guiche: La noche es peligrosa para las mujeres.
Rosalina: ¿La noche tiene brazos, tiene manos? ¿La noche ofende, insulta y persigue a quien camina libremente?

—Te quedó bien esa frase. Inusual para el siglo XVII, pero muy acertada...
—No todo iba a girar en torno a ti, Cyrano.
—Rosalina tiene un par de escenas estupendas. El duelo con Lignière, las líneas del final... ¿Probamos? Puedo hacer de Le Bret y de Roxana, si quieres...

Cyrano yace muerto en el escenario, apuñalado por De Guiche. Llegan Roxana, la nodriza y Rosalina. La dama está a punto de descubrir que las cartas que la enamoraron pertenecían a Cyrano, y que el héroe la había amado en secreto durante años...

Roxana: En tu camisa, ¿qué encuentro?
Rosalina, ¿no es este el sello que Christian usaba?
Tú fuiste su confidente, Le Bret.
Le Bret: Nada puedo decirle, señora. Es hora triste, y debo ser prudente.
Roxana: ¡No miente a una dama un caballero!
Lignière, vos siempre fuiste sincero.
Decidme, ¿escribió estas cartas Cyrano?
Lignière: Fueron sus versos. Y fue su mano.
Roxana: Entonces, mi fiel Rosalina,
¿a cuál de los dos yo quería?
¿De Christian amé la belleza?
¿De Cyrano amé la poesía?
Rosalina: Los dos están muertos,
es lo único cierto.
Roxana: Con los ojos o con el corazón...
Con los dedos o con el espíritu...
Decidme, ¿cómo se ama?
Rosalina: Mi señora, vos sabéis que...
Roxana: Que el amor reposa en el papel y en la tinta.
Y si Cyrano fue mi autor,
quiera Dios que a él me rinda.
Nodriza: Ya nada de eso importa, habrá que pensar en un nuevo marido.
Roxana: ¿Un marido? ¡Una esclava queréis hacer de mí!

Nodriza: ¡Una mujer decente, de quien nadie pueda decir nada!
Roxana: ¿Decente? Para defender mi honor
tomaré de Cyrano la espada.
Tú me enseñarás a usarla, Rosalina.
Rosalina: *Oui, madame.*
Roxana: No seré el lujo ni la esposa de nadie.
Roxana solo será de Roxana.
Rosalina: ¿Y qué hará Roxana entonces?
Roxana: Escribiré versos. Poemas. Historias.
La leyenda del caballero más noble
que jamás hubo existido.
Contaré sus hazañas, honraré su memoria,
para que jamás su nombre caiga en el olvido,
hablaré de quien fue mi amor, y fue mi hermano,
de Bergerac el héroe, nuestro valiente Cyrano.

Con la voz templada de Vélez, sentados en las tablas del escenario, las últimas líneas de la obra sonaban tan hermosas que era como si un duende se moviera dentro de mi estómago, esos duendes benignos o esos elfos domésticos que decía Lupe que nos echarían una mano el día del estreno, un duende que me obligaba a acercarme a Vélez-Roxana, a poner mi mano en su mejilla y a besarlo.
Besarlo. Besarnos.
Velia y Vélez, casi rimábamos.
—¿Me besas a mí o besas a Cyrano?
—Calla, tonto. Con esa nariz no podría ni acercarme.
Y no pude decirle, por vergüenza y para que no me tratara como a una niña, que aquel era mi primer

beso, y me pareció raro, húmedo, viscoso, pero no había terminado de besarlo cuando ya estaba deseando hacerlo de nuevo. Y me acordé del primer beso de Harry y Cho debajo del muérdago, y ya no importaba tanto la traición de Claudia, porque recién me daba cuenta de que hay besos que son capaces de conjurar la melancolía y la pesadumbre. En ocasiones, un beso aparece de improviso y ya nada vuelve a ser lo mismo.

De una película. Día D, Hora H, no había marcha atrás. Las piezas estaban alineadas en el tablero, la partida ya comenzaba, como en la cuarta prueba de *La piedra filosofal*, cuando Ron... Bueno, ya sabes a qué me refiero. La noche anterior apenas pude pegar ojo. Al llegar al pabellón estaba temblando, literalmente, y me sorprendió que la compañía se encontrara en plena forma, exultante. Candi y María repasaban los textos; Artur y Tomás ayudaban con los cables, las sillas y los últimos preparativos; Connor, Vélez, Roberto y Juanito andaban dándose espadazos para afinar la coreografía...

—¡Velia! —gritó Roberto—. ¡Ven aquí, tenemos que practicar nuestra escena! ¿Te sabes los movimientos?

La tarde anterior habíamos estado dando unas clases improvisadas de esgrima. Finta, parada, molinete y desarme, y al mismo tiempo tenía que decir mis frases con cierta soltura, mantener los hombros en paralelo al escenario, no poner cara de idiota... Demasiado.

—Toma mi espada —dijo Vélez, guiñándome un ojo—. Voy a maquillarme. Mírame bien, porque cuando vuelvas a verme me habré convertido en un monstruo...

Recuerdo esas horas previas con nervios y escalofríos, éramos amigos, los mejores amigos, y estábamos juntos en aquello, bien condujera al éxito o bien al más vergonzante de los fracasos. El escenario lucía brillante, con los bastidores de trampantojo, los árboles de marquetería, el balcón-andamio sutilmente escondido detrás de ramas y lonas, y las sillas vacías, esperando a que llegara el momento. Paseé entre las sillas y me parecieron miles, decenas de miles, como en el teatro griego de Epidauro; sentí mucha angustia al pensar que en cada una de esas sillas se posarían dos ojos crueles dispuestos a escrutar nuestros movimientos, a analizar y juzgar nuestros gestos, nuestros errores...

—Saldrá bien. No sufras. —Era Lupe, detrás de mí, adivinando mis pensamientos.

—¿De verdad lo crees? ¿O es para darme ánimos?

—No. Creo que será un desastre. Roberto y Tomás siguen sin saberse el texto, ayer las luces no se encendían y para colmo estoy segura de que Connor improvisará alguna de sus locuras... Pero se supone que es eso lo que debe decirte tu profesora, ¿no?, que todo saldrá bien.

La miré horrorizada, ella sonrió, burlona, y entonces rompimos a reír, y le di las gracias y nos abrazamos, porque ese sarcasmo era justo lo que necesitaba.

—En serio, Velia, no debes preocuparte tanto. El teatro es...

—... una sucesión de obstáculos que conduce irremediablemente al desastre...
—... pero que siempre acaba bien.
—¿Y cómo es posible?
—Nadie lo sabe, es un misterio.
—Eso lo sacaste de una película, ¿verdad?
—Puede ser. Todo parece sacado de una película. O de un libro. Vosotros también lo parecéis. Nunca he tenido unos alumnos tan sensibles, tan tenaces, tan inteligentes, como si alguien os hubiera creado así para ofrecerme un increíble regalo, justo ahora que no puedo estar con mi hijo. Como una compensación cósmica. Jano tiene casi vuestra edad, y lo echo mucho de menos. Es complicado. Ojalá estuviera aquí para que se diera cuenta de lo que unos muchachos son capaces de hacer. Lo que tú has hecho, Velia. Mira a tu alrededor: músicos, carpinteros, técnicos, decoradores... Todos trabajando para ti, eres una comandante muy eficiente. Te adoran. Te respetan. Y creo que también te temen. Debes estar orgullosa de lo que has conseguido, yo lo estoy, estoy muy orgullosa de todos vosotros, de esta compañía de locos. Y ahora ve a vestirte, se hace tarde y te toca defender el honor de Roxana. Y recuerda: habla despacio, no mires al público. Yo estaré en primera fila. Si lo necesitas, mírame a mí. Te dará confianza. Y te chivaré el texto.

Nos abrazamos con ternura infinita, y al separarnos vi que le brillaban los ojos, y ese estímulo me sirvió para subir al escenario y decir en voz alta que ya era la hora de prepararse, que solo faltaban cuarenta minutos para que abrieran las puertas, ¡vamos, vamos! Los músicos ya ocupaban sus puestos, todos vestidos de negro. Las luces iluminaban el escenario, los micrófonos funcionaban. Vélez salió del vestuario portando su gran nariz de maquillaje, con botas, correajes, espada, capa y sombrero, soberbio y completamente transformado, era difícil reconocerlo.

Respiré hondo y miré a mi alrededor, haciendo un esfuerzo para grabar en mi mente todo lo que ocurría. Era ese momento mágico en el que nada ha comenzado y cada cosa es posible. Como un amanecer.

Te besaría. Uno tras otro, fuimos saliendo de los lavabos del pabellón convertidos en personajes barrocos. Los fieros mosqueteros con sus ternos grises y sus espadas al cinto, el marqués cargado de brillos y lazos, De Guiche con cara de pérfido malhechor, Montfleury envuelto en purpurina, la bella Roxana más bella que nunca, radiante, como la Estrella de la Ilusión en la cabalgata de carnaval.

—Candi —le dije, abrazándola con delicadeza como si fuera una figurita de cristal—, ¡estás preciosa! ¡Todos estáis guapísimos! ¡Todos!

—Tú también lo estás, mosquetera —dijo Vélez susurrándome al oído—. Te besaría ahora mismo...

—Ni se te ocurra.

—¿Te da vergüenza que nos vean juntos?

—No me da vergüenza, pero no quiero estropear esa nariz de mentira.

Detrás de la cortina negra, conjurándonos y repasando los textos, oímos cómo se abrían las puertas del pabellón con un clac metálico que nos causó desasosiego. Entró una muchedumbre de estudiantes perezosos, charlatanes y desganados, a los que, a la fuerza, los profesores habían sacado de clase para meterlos en un teatro de campaña, y caí en la cuenta de que no habíamos pensado en ellos. Eran nuestros figurantes, unos rehenes necesarios para que la obra tuviera sentido, para que no pareciéramos unos chiflados que recitan versos para nadie, como la gente que habla sola por la calle. Pero, claro, se trataba de que el público sintiera algún interés por lo que estábamos a punto de hacer, que se riera, que se emocionara, que entendiera y participara de los enredos, de las piruetas... La voz de Lupe en mi cabeza, subrayando los apuntes de teoría literaria: «No te olvides del pacto de la ficción».

Nos asomamos entre las cortinas, igual que por la cerradura de una puerta antigua, y fue como si viéramos a esos chicos por primera vez, a pesar de que muchos de ellos eran nuestros compañeros de bachillerato. Iban ocupando las primeras filas con desorden, descuido y un bullicio de mil demonios, y nos pareció imposible que ese rebaño de adolescentes maleducados pudiera llegar a sentarse apropiadamente, guardar silencio y escuchar con alguna atención las palabras de nuestra vieja comedia... ¿En qué lío nos habíamos metido? ¿Cómo íbamos a salir de esta?

Creo que todos pensamos lo mismo, también Connor y Roberto, los gallos más irreverentes del grupo, que de pronto enmudecieron. Connor estaba realmente congestionado, con la cara muy roja y las venas palpitantes a pesar del maquillaje. Roberto era su reverso, palidecía como un muerto viviente y no dejaba de beber agua y de decir que le dolía la garganta... Vélez seguía repasando el arrugado guion que llevaba entre las manos, repitiendo para sí mismo sus frases, como si recitara la tabla periódica... Pobre Vélez, su carga era demasiado pesada, ninguno de nosotros deseaba estar en el pellejo de Cyrano en esos instantes, y tampoco en el de Candi-Roxana, que se mantenía rígida e inalterable, como una figura egipcia, aunque por dentro ardiera de nervios y de inseguridad.

Sonaron los compases de la obertura. Según las notas de mi cuaderno de dirección, la pieza duraba dos minutos, así que teníamos que pisar ya mismo nuestras marcas. Avisé a Roberto, a Tomás y a Artur, que ocuparon el flanco de la izquierda, y sujeté la mano de Candi en el flanco derecho. La miré a los ojos, fingiendo una confianza que yo no tenía. Sonrió, bellísima, deslumbrante, y esa belleza me transmitió un mágico sosiego. Candi, vaya chica. Qué equivocados estábamos con ella y cuánto había cambiado en estos meses.

Seguían los compases, segundo movimiento, cabalgata de violines. Faltaba menos de un minuto. Primero saldrían Roberto y Tomás, luego Artur, y luego nosotras, y unos segundos después aparecería Connor, deshaciéndose en piropos para Roxana. Todo estaba calculado y anotado en mi cuaderno de ensayos.

Cuarenta segundos. Vélez me sacudió.

—¡Velia, tienes que venir! ¡Rápido! ¡Es María! ¡Dice que no sale!

Treinta segundos. Corrí hacia ella. El teatro es una sucesión de obstáculos que...
—¡María! ¿Qué te pasa?
Estaba sentada en el suelo, detrás de las cortinas.
—No soy capaz. Te juro que no soy capaz. Voy a desmayarme. No puedo respirar.
—No vas a desmayarte. Y por supuesto que eres capaz. Vas a salir ahí y vas a decir tu monólogo, y luego Cyrano va a patearte el trasero.
—¡Claudia tenía razón! ¡Se reirán de nosotros! ¡No puedo hacerlo!
—Lo harás. ¿Y sabes por qué? Porque amas el amor, y porque nunca harías nada para romper un bonito romance, ¿verdad?
Diez segundos, la música ya se extinguía...
—¿Qué romance? ¿De qué hablas?
Me puse de rodillas y le hablé al oído:
—Vélez y yo. Yo y Vélez. Estamos juntos, eso creo. Me besó, o yo lo besé, fue un lío. El caso es que nos besamos aquí mismo, nos saltamos la clase de Latín y nos escabullimos. Eso dijo, el muy canalla: ven conmigo a escabullirte, y yo lo hice. ¡Falté a clase! ¡Por primera vez en mi vida! Tenías razón, María: me gusta mucho, es un niñato pero me gusta, y creo que yo le gusto a él, pero si no hacemos la obra, nada tendrá sentido, ni el beso, ni el romance, ¡nada! Vélez ya no es Vélez, sino Cyrano de Bergerac, y yo..., yo no sé quién soy. Así que vas a salir ahí fuera, y vas a hacerlo por mí. Porque soy tu amiga y porque me quieres, y porque yo te adoro, y porque eres única, María, eres única.

Fin de la música. Roberto y los demás ya están en el escenario, vuelvo a mi marca, tomo la mano de Roxana y aparecemos en el momento oportuno, justo cuando De Guiche ya sube de un salto y comienza la galantería.

Las primeras líneas del texto van cayendo, el público guarda un silencio asombroso que solo se interrumpe con algunas carcajadas cuando Connor dice alguna pamplina. Los focos me ciegan, apenas me dejan ver las primeras filas. Veo a Lupe, que sonríe cuando logro decir mi primera frase sin equivocarme («A su servicio. Rosalina Rosignon. Mi padre luchó...»), y también veo, sentada en la misma fila, a Claudia la fugitiva, Claudia la traidora, muy cerca de la orquesta. Claudia, Claudia, Claudia. ¿Por qué no estás aquí arriba, con nosotros? ¿Y por qué viniste? ¿Para regodearte de tu hazaña?

Vuelve a sonar la música, que sirve de transición para evocar el juego del teatro dentro del teatro, La vaca que ríe. Pienso que es posible que muchos espectadores no lo entiendan, es nuestra broma privada. Roxana y Rosalina ocupan su palco de *teatro*, los mosqueteros se acodan en el *patio de butacas*, haciéndose un hueco entre el verdadero público. Los chicos se sorprenden, Lignière aparta a algunos de malos modos, muy metido en el papel. Una caja que contiene una caja que a su vez contiene otra caja que... Es el gran momento de Montfleury, los compases se ralentizan para amortiguar su aparición. La profesora Rebeca, que dirige a los músicos, comienza a sospechar que algo está ocurriendo, observa con preocupación unas cortinas por las que debería aparecer María-Montfleury. Nada. Rebeca tiene buenos reflejos, ordena repetir el último movimiento, el acorde se extiende hasta que una mano enguantada desliza la tela para que salga ese actor de purpurina, ese Montfleury estrambótico que da dos pasos hacia la boca del escenario entre los aplausos exagerados de De Guiche.

Y allí se queda, en silencio.

En un horrible silencio.

«Vamos, María», digo en mi interior, «di *Feliz aquel*, dilo de una vez».

Pero María no es capaz de articular una sola palabra, está petrificada. *Petrificus Totalus*.

Busco su mirada, intento contactar con ella. Nada. Ausente.

El tiempo se estira, eterno.

El público comienza a inquietarse, se escuchan algunas risas... Tengo que hacer algo, tengo que intervenir para salvar la escena... Y entonces, desde mi marca, digo en voz alta y rompiendo el sentido de la obra:

«Feliz aquel que, alejándose...».

Y María despierta al oír mis palabras, sale del trance, recupera el habla y larga con brillantez su monólogo.

«¡Feliz aquel, que lejos de la corte,
en un lugar solitario

a sí mismo se impone
destierro voluntario!».

Respiro aliviada, la obra continúa, las líneas se deslizan, Christian habla de Roxana, Roxana habla de Christian... Suena la voz tonante de Vélez-Cyrano, cuyo relámpago me sobresalta, ni siquiera tengo que fingir asombro, aunque hayamos ensayado lo mismo tantas veces... El padre de Juanito juega con las luces y rodea a Cyrano con el cañón de seguimiento. La sombra de su figura, con capa, sombrero y nariz, se recorta sobre las paredes del pabellón mientras avanza entre las sillas... Imponente.

«Te dije que no actuarías en un mes
como castigo por el espanto de tu última función.
¿Tendré que molerte a palos?».

Cyrano salta al escenario, ágil, De Guiche protesta, surge el primer enfrentamiento. Aparece el marqués, música épica, la balada en verso satírico, las espadas al aire, ¡clinc-clanc!, que en el silencio de la sala suenan justo como Connor imaginaba... Miro al público, en contra de los consejos de Lupe. Contemplan la escena embobados, sin moverse. O bien está siendo un éxito o bien ya se murieron de aburrimiento.

Se marcha herido el marqués, De Guiche lo acompaña refunfuñando, llegan las líneas en las que caigo rendida de admiración por Cyrano, pienso que todo el mundo se dará cuenta de que hay algo entre nosotros, será demasiado evidente... Pero las frases salen de mi boca con frialdad, como si mi voz y mi garganta supieran que deben decir lo que toca decirse, sin interrupciones sentimentales...

«¿Sabes pelear?».

Claro que sé pelear, Vélez, podría derribar un oso con mis manos, ahora mismo me sobra energía para hacerlo. Sobreviene la escena de la confesión de Roxana y el equívoco de Cyrano, yo abandono el escenario y corro a abrazar a María, detrás de las cortinas oscuras, y la ayudo a ponerse el delantal y las faldas de la nodriza...

> Cyrano: ¿Enamorada la dama de la que todos se enamoran? ¿De quién, si puede saberse?
> Roxana: De un gascón. De un mosquetero. Valiente, atrevido, noble. Y muy apuesto, el más guapo de todos. Se llama Christian de Neuvillette, y es un cadete recién llegado a París.

Corazón roto, Vélez se lamenta de su mala suerte, de las leyes crueles del amor y de su nariz, «Esta nariz que llega un cuarto de hora antes que yo», dice muy solemne, y el público entiende el chiste y se ríe con ganas. Buena señal.

Entra la música, cambio de escena, desplegamos el decorado del patio de armas, corremos en bambalinas, casi tropiezo con Vélez, nos concedemos un segundo, respiramos.

—Has estado magnífica. ¡Magnífica! —dice con énfasis.

—Ni siquiera me he dado cuenta de lo que he dicho...
—El texto... ¿Dónde está el guion? Tengo que repasarlo, ¿qué escena viene ahora? ¡Se me ha olvidado todo!
—Cuartel, patio de armas, conoces a Christian...
—¡Mi frase! ¡Dime cuál es mi primera frase! ¡Dímela!
—«¡Salud, gascones!».
—Salud, gascones...
—Luego viene Le Bret, intenta convencerte para que te busques un mecenas, y tú respondes...

«¿Buscarme un amo?
¿Trepar en lugar de caminar?
No, gracias».

Los músicos acompañan el monólogo carismático de Cyrano, la partitura enfatiza su orgullo y su dignidad, Vélez lo interpreta a la manera clásica, dirigiéndose al público y declamando al viejo estilo... Cualquier profesor de arte dramático habría resoplado de hartazgo, pero qué nos importaba a nosotros la dramaturgia, Cyrano dice sus frases e inesperadamente recibe una ovación después del último «No, gracias», y Vélez, saltándose toda la verosimilitud, agradece los aplausos con una reverencia. Esto va bien, muy bien.

Artur aguanta el ímpetu de Vélez, que se encuentra desatado, veloz, lúcido... Llega el nudo de la obra, es importante que los espectadores conozcan el extraño acuerdo que alcanzan los protagonistas... Vélez, para un poco, vas demasiado rápido.

> Cyrano: Sabes hablar, eres atrevido.
> Christian: No en el amor.
> Cyrano: Tú no te atreves a escribir... y yo no me atrevo a amar... Vamos a hacer un pacto.
> Christian: ¿Un pacto?
> Cyrano: Yo pondré las palabras, tú pondrás el encanto que te dio la naturaleza, y entre los dos crearemos un amante perfecto, un héroe de novela.

Y luego vienen las cartas, ¡mi duelo con Lignière, del que no salgo mal parada!, los enredos, los malentendidos, la escena del jardín. Bajan las luces. El señor Juan conecta un filtro azul y de repente se hace de noche en el pabellón. Suena una flauta travesera, lejana, muy hermosa, como un poema.

Christian y Cyrano hablan en falsos susurros. En el balcón aguarda la amada. Christian recita mal y a medias, Cyrano sale de su escondite, toma el sombrero de Christian y lo sustituye en la sombra...

> Roxana: Vuestra voz parece distinta...

Cyrano seduce a la dama y Christian sube a por la recompensa. El héroe se queda solo, abandonado. Ahora es cuando debería sonar *Love of my life*, pero en el último momento decidimos suprimirlo para no sobrecargar a la pobre María. Espera, algo sucede en la orquesta. Es Claudia, que habla con Rebeca, le pide permiso, se sienta al teclado, comienza a tocar las primeras notas y a cantar con una voz cargada de culpa, de arrepentimiento, muy suave...

«Love of my life, you've hurt me.
You've broken my heart and now you leave me.
Love of my life, can't you see?
Bring it back, bring it back.
Don't take it away from me...».

El cañón de seguimiento reacciona al imprevisto y traza un círculo alrededor de mi amiga. La canción se apaga, Rebeca hace una señal a los músicos, que atacan con el tema principal para acometer la transición entre las escenas. El público, con un nudo en la garganta, aplaude de nuevo.

Menos mal que se trataba de una comedia... Claudia, no sé cómo darte las gracias. Quisiera ahogarte y besarte al mismo tiempo.

La acción se acelera, camino del trágico desenlace. Toca la conjura, el complot de De Guiche para acabar con Cyrano, y la muerte de Christian en la refriega. Funeral, lágrimas de Roxana... Cañón de seguimiento en boca, filtro verde en el resto del escenario; el señor Juan está haciendo un buen trabajo, muy profesional. Retrocedemos a nuestras marcas, Candi-Roxana abraza el cuerpo de su amado Christian y recita un poema que tomé prestado de Góngora...

«Dejadme llorar,
orillas del mar.

Fue tan corto el placer,
y tan largo el pesar.
No me pongáis freno
ni me queráis culpar.
Si me queréis bien,
no me hagáis mal,
que harto peor fuera
morir y callar.
Dejadme llorar,
orillas del mar.
Váyanse las noches,
pues se han ido ya
los ojos que hacían
a los míos velar;
váyanse,
y no vuelvan más,
ahora que en mi lecho
sobra la mitad».

Vuelve con energía el tema de la obertura. Pa-pam, pa-pam... Y llega el final. Es la venganza de Cyrano, el duelo con De Guiche, Harry y Voldemort, Luke y Darth Vader.

Cyrano: ¡De Guiche!
De Guiche: ¡Cyrano! Al fin me encontraste.
Cyrano: Seguí el rastro de la sangre de mi amigo.
De Guiche: ¿A qué se debe tanto dolor por la muerte de un cadete?

Vamos, Connor, llevas meses esperando este momento. Más energía, más tragedia, más perfidia... Luchan, las espadas van y vienen, los guerreros se golpean, ruedan por el suelo, es un combate desesperado, no hay tregua ni cuartel. De Guiche abre la guardia para lanzarse al ataque, Cyrano lo esquiva y alcanza mortalmente a su adversario... De Guiche cae, Cyrano ha vencido y avanza hacia el proscenio. Pero entonces, con el último aliento de vida, De Guiche se arrastra por el suelo, saca una daga del cinto y apuñala a su rival.

De Guiche: ¡En el infierno me haréis compañía!
Cyrano: ¡Traidor! ¡Por vida mía!

Vaya. Ese «Por vida mía» sobraba, me quedó un poco falso, como si lo dijera el Capitán Trueno. Cyrano se desploma, sabe que la herida es mortal, se despide.

Cyrano: Adiós, mundo. Adiós, Roxana...

Connor y Vélez, uno junto al otro. La música asciende y anticipa la entrada del resto de los personajes... Las frases son rápidas, quizá demasiado. Roxana descubre las cartas de Christian entre las ropas de Cyrano, los amigos confiesan el piadoso engaño, Roxana promete honra y amor eterno para el amigo caído, y pronuncia la última línea del texto, «De Bergerac el héroe, nuestro valiente Cyrano», mientras la música se cierra como un puño...

Es el final.

El verdadero final.

Ya no tenemos nada más que decir, estamos vacíos, nos hemos volcado sobre las tablas del escenario. Como un aguacero. No queda una línea, una nota, nada que ofrecer.

Y esperamos.

Pero el público no aplaude.

María me busca la mirada, yo busco la de Roberto, la de Tomás, la de Candi...

Nada, silencio.

Ha sido un fracaso, un desastre. A nadie le ha gustado, es evidente. Nadie ha sentido una pizca de emoción. Todo este esfuerzo, toda esta energía desperdiciada y sepultada por un terrible silencio que hace que el pabellón parezca un sepulcro. Qué vergüenza. Cuánta energía desperdiciada.

Entonces suena un aplauso, uno solo, allá en la sexta o séptima fila.

Un loco que aplaude, vaya. Un pirado.

Pero a ese aplauso se suma otro más, y otro, como pájaros que levantan el vuelo y forman una bandada.

Los aplausos ya vibran, el pabellón repercute, hay silbidos, bravos y vítores, veo a Snape-jefe de estudios aplaudir con una sonrisa que no encaja en su rostro de mortífago, veo a Lupe tan satisfecha como el señor Miyagi en *Karate Kid*, veo llorar a Claudia con el corazón encogido, y corro a abrazarla y a decirle que suba con nosotros, y pedimos aplausos para el padre de Juanito y para los músicos, que han estado brillantes, y nos damos las manos y saludamos como una compañía de verdad, porque exactamente es eso lo que somos, somos una compañía, ¡una compañía y una hermandad! Candi y Cyrano se adelantan para recoger los mejores aplausos. Connor no puede evitar hacer una acrobacia que no termina de salirle bien, casi se parte la crisma, y nos reímos, y entonces siento que Roberto y María me toman de los brazos, en volandas, y me plantan allí en medio, con todo el público en pie (nuestros colegas, nuestros profesores), y una felicidad inmensa y universal, una felicidad oceánica recorre mi cuerpo, como una corriente eléctrica.

Cyrano de Bergerac ha vencido. Por encima del papel pintado, por encima de nuestras voces de dieciséis años, por encima de nuestros errores, nuestras dudas, nuestra vergüenza, nuestros miedos y nuestros infortunios, la Nariz ha triunfado, y me doy cuenta de que *cyran-o-nariz* es un hermoso palíndromo fonético, un hechizo imbatible. Es magia. «Las palabras son una fuente inagotable de magia, capaces de infligir daño, y de repararlo», repito en mi cabeza. Magia.

***

Habíamos planeado hacer tres funciones, que se convirtieron en nueve. Vinieron nuestras familias, nuestros amigos, y prácticamente todos los estudiantes de la comarca. Circularon vídeos virales, nos hicieron entrevistas para la TV regional, recibimos felicitaciones de gente que debía de ser muy importante, concejales, delegados o consejeros de gobierno que querían hacerse fotos con nosotros. Una escuela de arte dramático se puso en contacto con los padres de Candi y le ofreció una beca de verano, fuimos nominados para un certamen de teatro joven que al final perdimos, pero como compensación nos invitaron a participar en unas jornadas en la capital con talleres, conciertos y cenas llenas de *pizzas* y hamburguesas, donde conocimos a gente fabulosa, esos chiflados bohemios al estilo europeo que no existían en la ciudad mediana en la que vivíamos, y que nos abrieron los ojos.

La compañía se convirtió en una comunidad, una cuadrilla de amigos inseparables, tocada por un vínculo muy poderoso. Podría decir que *Cyrano de Bergerac* nos cambió la vida, y sería decir poco. También podría decir que *Cyrano*, sencillamente, nos trajo buena suerte. A veces, la diferencia entre el éxito y el fracaso consiste en eso, en la buena suerte.

Roberto y Tomás consiguieron sacar el curso adelante, yo misma les eché un mano (sin trampas) con el examen de Matemáticas. Después de probar el escenario y la espada, los dos sentían una pasión incontenible por las pelis y la historia, y planeaban matricularse en un curso de cine cuando terminaran el bachillerato. Tomás engullía tutoriales de esgrima, se hizo un experto con el gladio, la espada de mandoble y el florete francés, imitando a su primo; se lamentaba de que no hubiera buenas academias de armas ni buenos *dojos* allí donde vivíamos, y planeaba marcharse en cuanto le fuera posible. Roberto, por su parte, comenzó a ir al gimnasio, a practicar *parkour* y artes marciales, quería aprender a montar a caballo y a tirar con arco, y soñaba con trabajar como doble de escenas de riesgo en películas de acción.

Juanito, que era un tipo práctico y espabilado, prefirió convertirse en técnico de luces y sonido. Era bueno con la tecnología. Su padre le compró un ordenador muy potente y comenzó a explorar todas las posibilidades de los *softwares* de edición, incluso aprendió música intuitivamente, también algo de fotografía y montaje cinematográfico, y de vez en cuando nos enviaba algunos *teasers* espeluznantes.

Artur terminó el bachillerato a duras penas y se puso a trabajar con sus padres, en el campo. Era rápido de mente y muy bueno en los números, sería el perfecto capataz de cualquier cuadrilla, un hombre honrado, sensato y sensible con el esfuerzo de los demás. Le perdí la pista hace mucho tiempo, ojalá haya tenido suerte.

Inducidos por el romanticismo de *Cyrano*, o siguiendo una pasión escondida, Connor y María se dejaron llevar por el arrullo de la primavera y comenzaron a salir juntos. Fue la gran sorpresa y el chisme del final de trimestre; nos quedamos boquiabiertos. La cosa no duró mucho, pero por suerte la ruptura sobrevino suave, sin hostilidades, y no puso en peligro la ligazón de la Hermandad. Al fin y al cabo, cuando termináramos el bachillerato, Connor volaría a Gales siguiendo el plan que había trazado en su cabeza desde el principio, de manera que aquella relación tenía una caducidad temprana. María y yo también nos marchamos fuera para estudiar, y compartimos piso durante algún tiempo. Recuerdo aquellos años de la primera independencia como una gran fiesta, todo eran descubrimientos y hazañas, noches de estudio y café, y angustia ante los exámenes. Nos cuidamos como una pequeña familia y nos esforzamos por mantener el vínculo, incluso fuimos a Cardiff para visitar a Connor aprovechando un vuelo barato. Veo las fotografías de aquel viaje, con veinte años, y sonrío: Connor con su aspecto tan británico, María tan sureña y mestiza, a punto de transformarse en la mujer astuta que acabaría siendo.

Igual que Candi, que encandiló a sus profesores de la escuela de arte dramático y rompió las últimas barreras que le quedaban. Un fenómeno, un caso de estudio. Tenía un conocimiento intuitivo de las cosas, una clarividencia excepcional que le permitía entender a sus personajes, sus carencias, sus deseos, sus aflicciones, y luego transmutarse en ellos. Nunca llegaría a aburrirse de ser ella misma, porque en cada función se apoderaba de una nueva identidad, como si fuera una sesión de espiritismo. A veces veo alguna entrevista suya o busco su nombre en el elenco de una compañía que viene de gira, haciendo de Adela, de Yerma, de Nora o incluso de Julieta, y siento esa clase de orgullo, un tanto infantil, de pensar «Yo soy su amiga, yo hice una obra de teatro con la gran actriz Candi Iniesta, cuando éramos jovencitas».

Claudia vivió meses muy complicados después del estreno de la obra. Su noviazgo con Manu era opresivo y doloroso, creo que ella misma comenzó a darse cuenta en el momento en el que nos vio actuar en el escenario, y quiso redimirse interpretando *Love of my life* con su voz de ángel, como un acto de desagravio. Por suerte, Manu se fue a estudiar Medicina después del verano y la distancia hizo que la relación se resintiera. Al cabo de un tiempo pude recuperar a mi amiga, que necesitó meses de charla, de *rollers*, de paseos por la playa y de afecto para recomponer los pedazos. Alma herida, y no solo por el desamor, sino por otras tinieblas más oscuras. El síndrome de Bergerac había agarrado en ella. La inseguridad, el miedo al fracaso, la decepción. Como en una experiencia vicaria, aprendí a través del dolor de Claudia que el amor no es ningún cuento de hadas, y que el rechazo duele más de lo que ninguna canción y ningún poema supo expresar jamás. Porque en el amor entras de una manera y sales siendo otra persona, es una travesía incierta y llena de peligros.

Cuando terminó el curso, los vientos del destino administrativo nos arrebataron a Lupe, igual que en la última escena de *Mary Poppins*: el hada Mary abre el paraguas y se marcha en busca de otros niños, mientras los pequeños Jane y Michael hacen volar la cometa con sus padres. La despedida fue muy triste, aunque procuramos que se pareciera a una fiesta de esas que hacíamos cuando un profesor se jubilaba, cuando había un cumpleaños o cuando terminamos el colegio, una fiesta ingenua con refrescos, bocadillos, bizcochos y anécdotas. Para Lupe, igual que para nosotros, había sido un año inolvidable, la primera vez que tenía que separarse de su hijo, tanto dolor, coincidiendo con el entusiasmo compartido de nuestro *Cyrano*. Le confesamos la curiosidad que nos despertó su tatuaje durante las primeras semanas, pero guardamos silencio sobre la vergonzosa incursión de dos agentes de S.H.I.E.L.D. en su ordenador, aunque Connor y yo nos mirábamos con culpabilidad. Lupe era una profesora formidable, y eso que la habíamos conocido en las peores circunstancias. También ella arrastraba su lágrima y su carga, y llegó a pedirnos disculpas por los arrebatos de mal humor de los comienzos, y por las veces que alguno de nuestros disparates había hecho que perdiera la paciencia. Consiguió que Jano, su hijo, viniera a la última función, y fue emocionante ponerle rostro a esa figura multiforme con la que yo había elucubrado. Era un chaval de quince años, guapo, delgado, con un flequillo gracioso sobre la frente y la actitud desenfadada de los chicos de ciudad. Hablamos con él después de la obra, aún maquillados y vestidos de mosqueteros, y le dijimos cosas bonitas de su madre, nuestra profesora amazónica. Recuerdo que nos contó que le gustaba dibujar, que quería estudiar Bellas Artes y que tocaba la guitarra eléctrica en un grupo de garaje. Llevaba una camiseta de Iron Maiden, ese anacronismo, como si la hubiera rescatado de una vieja tienda de discos, y pensé que seguro que era un buen muchacho; cualquiera que llevara una camiseta de Iron Maiden en el siglo XXI tenía que serlo.

Jano bifronte, el dios de las dos caras, ese dios extraño de los comienzos y los finales, tan apropiado para esta frase y para esta página.

Los finales.

Fin de la larga historia, fin de la Hermandad de la Sagrada Nariz.

El dios Jano se despide, hace un *riff* de *thrash metal* y te desea buena suerte.

Pero espera, creo que he olvidado contarte alguna cosa...

No te he dicho nada de lo que pasó entre Vélez y yo, supongo que te preguntas qué fue de nosotros.

Ahora me encantaría que sonaran campanitas de fondo, poner una voz muy suave y decirte que nos enamoramos, que vivimos mil cosas juntos, que dormimos una noche en la playa, que nos fuimos de acampada, que viajamos a Francia, que nos hicimos mayores el uno al lado del otro, con ese amor indestructible de las pelis y las series que tanto nos gustan...

Pero no fue así. Ocurre que el amor, cuando llega tan prematuro, se desvanece sin fuerzas. Estoy segura de que a Romeo y a Julieta les habría pasado lo mismo si no hubieran muerto en aquella cripta. Es cierto que nos quisimos mucho, y por suerte dejamos de querernos antes de hacernos daño. Algún tiempo después, nos encontramos en la ciudad, fortuitamente. Ya no éramos unos críos, yo acababa de terminar la carrera y andaba un poco perdida, sin saber a qué dedicarme, y él había comenzado a trabajar de ejecutivo júnior en un bufete de finanzas, dispuesto a convertirse en un respetable señor que nunca se disfrazaría de mosquetero, jamás. Tenía razón cuando decía que era difícil desprenderse de la propaganda de su antiguo colegio, ganadores y perdedores, el mundo observado como un pedazo de carne sobre el que abalanzarse. Fue en un bar, ya de noche, y admito que me burlé un poco de él, el chico de El Alcor que se mantiene fiel a sus orígenes, que sueña con convertirse en bróker o en pujante empresario, que viste ropa de marca y que...

—Sigues llena de prejuicios, Velia —bromeó.

—Es culpa de la lucha de clases, no me tomes en serio.

—¿Ya terminaste la carrera? ¿A qué vas a dedicarte?

—¿Una pregunta tan profunda a esta hora, en la barra de un bar?

—No te rías de mí...

—Estoy un poco perdida, se aceptan consejos. Me gustaría escribir historias. Historias de aventuras, como nuestro *Cyrano*. Pero no se me ocurre nada.

—Podrías escribir lo que pasó ese año entre nosotros, el Año de la Nariz.

—Es buena idea. Podría contar todo lo que te odiaba hasta que te pusiste a hablar en clase de *El príncipe mestizo*. Y lo que pasó con Claudia y ese imbécil. Y la obra, hablaría mucho de la obra, de los ensayos, de los nervios... No sé cómo fuimos capaces, Vélez. Éramos tan pequeños. Y no sabíamos nada...

—A veces es mejor no saber demasiado. El conocimiento abruma, te roba las palabras. Pero eso tú ya lo sabes porque siempre fuiste una chica muy lista. Creo que Cyrano se equivocó de enamorada...

—¿Cyrano o Juan Vélez de El Alcor?

—Cyrano. Tenía a Rosalina a su alcance y prefirió a Roxana. Mala decisión.

—Siempre puede añadirse una última escena. Una escena urgente.

—Eras buena en eso, cambiando las frases de los demás.

—Puedo escribirte las tuyas, para que no metas la pata esta noche.

—¿Y cómo serían esas frases?

Podrías decir... Déjame pensar... Podrías decir que te alegras mucho de verme.

—Me alegro mucho de verte.

—Y que me sentaron bien los años.

—Te sentaron muy bien los años.

—Y que de pronto quieres besarme.

—De pronto quiero besarte.

Lo que ocurrió después prefiero no ponerlo por escrito.

Prefiero guardarlo solo para mí, como un objeto mágico que no debo compartir con nadie.

Tampoco contigo, Jano, dios de los principios y de los finales.

Porque lo que ocurrió después pudo ser un bonito epílogo, y se merece una página en blanco.

Como una sábana en una cama deshecha, ya de madrugada.

AGRADECIMIENTOS

La peripecia de esta novela es completamente ficticia, igual que sus personajes. No voy a decir eso de que cualquier parecido con la realidad sería pura coincidencia, porque suena a rótulo de mala película.

Sin embargo, sí es cierto que en 2019 un grupo de chicas y chicos del IES Juan Sebastián Elcano, en Sanlúcar de Barrameda, se propuso la tarea alucinante y suicida de representar una adaptación de *Cyrano de Bergerac*, según el texto de Edmond Rostand de 1897.

Tenían dieciséis años, no sabían nada de teatro y necesariamente todo tenía que acabar en desastre; pero no fue así. Resultó un triunfo y una apoteosis escolar, resultó una obra emocionante, ágil y tremendamente divertida que permanece en nuestra memoria.

Escribo estas líneas como tributo y agradecimiento a esos chicos y chicas (ellos saben quiénes son, no hace falta nombrarlos); a sus familias (sin la aguja y el hilo de la madre de Roxana habría sido imposible); a los jóvenes músicos que nos estremecieron con su talento y su disciplina; a los profesores que le dedicaron tanto cariño, tantos bocetos y tantos ensayos a este disparate; a los jefes que permitieron poner el instituto patas arriba durante unos días; a Alberto Puyol, de Teatro Estudio Jerez, que nos transmitió dosis de dramaturgia guerrillera; a un maestro de armas *real* que una mañana de sábado nos enseñó a usar las espadas sin hacernos daño; y especialmente a esos otros chicos que se sentaron allí enfrente, en un gimnasio desangelado, jugando a ser el público de un teatro de verdad, y que aplaudieron a rabiar a sus compañeros.